# CONTENTS
**目次**

Prologue ............... 6

転校 ...................... 7

暁 ......................... 12

玲央side ............... 21

美愛×椿鬼 ............ 29

想い ..................... 38

溜まり場 .............. 48

叶多side .............. 58

体育祭 .................. 65

玲央side ............... 90

| | |
|---|---|
| 友達 | 92 |
| 誕生日暴走 | 102 |
| 文化祭〜準備〜 | 124 |
| 文化祭〜当日〜 | 151 |
| 決意 | 176 |
| 暁×椿鬼×覇王 | 183 |
| 真相 | 217 |
| 真相〜優梨香side〜 | 243 |
| Restart—それぞれの道— | 250 |
| あとがき | 262 |

# TSUBAKI

# THE CHARACTERS
### 登場人物紹介

**MIA KANZAKI**
# 神崎美愛
17歳、高2。
かなりの美少女、かなり天然。
でもケンカをしたら最強。
ヤンキー高の桜風学園に
転校してきたばかり。

**TENMA MUTOU**
# 武藤天馬
赤髪のかわいい系。
4人の中では弟キャラ。

**REO OUGA**
# 凰河玲央
白に近い金髪。めちゃくちゃイケメン。
美愛の危機を救ってくれたのが出会い。
暁の総長。

### KAGAWA
## 香川
美愛のやたらと気合の入った担任教師。
20代半ばで、覇王の元構成員だと判明した。
何かと助けてくれる。

暁 AKATSUKI

関東トップの暴走族。
4人のイケメン同級生は、
暁の幹部たちで!?

### KUYA SAKURAGI
## 桜木空夜
黒髪に青メッシュ。
無愛想に見えるけど、
熱いものを秘めている。

### KANATA HAYAMI
## 速水叶多
タレ目が印象的な銀髪。
大人っぽく、冷静で優しい。

## Prologue
TSUBAKI

責められ拒絶されることを恐れ

正面から向き合おうとせず

ただひたすらに

あいつらから逃げ続けるあたしは

ただの

臆病者<ruby>（<rt>おくびょうもの</rt>）</ruby>————

# 転校
## T S U B A K I

―――ピピピピピピピピ
部屋に鳴り響く目覚ましの電子音。
「んん……んぁ？」
あたしはベッドの中から手を伸ばし、手探りで鳴っている目覚ましを止めた。
「うぅ……寒っ…………」
出した手を引っ込めて、ふとんの中で丸くなるあたし。
そのままもう一度夢の中に入ろうとしたけれど、ふと我に返ってガバッと勢いよく起き上がった。
「今日から新しい学校じゃん!?」

神崎美愛、17歳、高２。
先週この辺りに引っ越してきたばかりで、今日は新しい学校の初登校日。
「やばいっ遅刻！」
時計を見ると、現在８時15分をまわったところ。
初日から遅刻はさすがにまずいよね……
急いで制服に着替え、あたしは朝食も食べずに家を飛び出した。
何とか遅刻だけは免れようと、とにかく走る。
ローファーとスカートのせいで思うようにスピードが出ないことに若干イライラしながらも、全力疾走。
すれ違う通行人に好奇の視線を向けられているのはわかってい

るけれど、この際気にしてなんかいられない。

「はぁはぁ……ま、間に合った……？」
全力疾走して、ようやく辿り着いた学校。
あたしがこれから通う、桜風学園、通称"桜学"だ。

この高校を選んだのに、特に意味はない。
ただ家から近かったのと、制服が可愛かったからここに決めてしまった。
この高校について、何も調べずに…………

＊＊＊

「あのー、今日から転校してきた神崎ですけど……」
校舎に入り、少々乱れた息を整えてから奇跡的に迷うことなくたどり着いた職員室のドアを開ける。
控えめに中を覗き込み、様子を伺うあたし。
「あー神崎ね。こっち」
すると、あたしに気付いた一人の男性教師が手招きをした。
「失礼します……」
そう言って、あたしはゆっくりと職員室の中へと足を踏み入れた。
「俺が担任の香川。クラスは２Ｄ」
香川と名乗ったその教師は、面倒臭そうに言った。
年齢は20代半ばくらいで、茶髪の短めの髪をツンツンに立てている。
耳にはピアス、一応スーツだけどネクタイはしていなくて、ワイシャツのボタンを３つ開けている。
……どう見ても、教師には見えないんだけど？

むしろ、ホストって言われた方がしっくりくる。
「何か質問は？」
香川に聞かれて、あたしは少し考えてから、
「あの……ホントに先生なんですか？」
と一応確認してみる。
「……んだと？」
あら大変。
香川からジワジワと殺気が出ている。
「いや、やっぱり何でもないです……」
あたしが笑ってごまかすと、香川は眉を吊り上げながらタバコを吸い始めた。
職員室なのに、禁煙じゃないのかな？
あたしはそんなことを考えながら、タバコを吸う香川をボーっと眺めていた。


しばらくして、あたしと香川は職員室を出て２Ｄの教室に向かった。
移動している途中、廊下の至る所にスプレーで落書きされているのが目に入る。
この学校、相当荒れてるみたい……
「あの、こういう落書きって消さなくていいんですか？」
沈黙になるのが嫌だったから、あたしは香川に話しかけてみた。
「あぁ？　んな面倒臭ぇこと、何でしなきゃなんねぇんだよ」
「…………」
断言する。
この人、絶対に教師に向いてない。
ってかむしろ教師じゃないよ…………

そうこうしている内に、２Ｄの教室に着いた。

9

「あーだりぃ。んじゃ、俺が呼んだら入って来い」
そう言い残し、さっさと教室に入って行ってしまう香川。
あたしは香川に言われた通り、廊下で呼ばれるのを待った。

「……じゃあ入れ」
しばらくして、教室の中から香川の呼ぶ声がした。
―――ガラガラガラ
少し緊張しながらドアを開ける。
そして、教室の中を見回してあたしは絶句した。
赤、青、緑、紫、金……カラフルな頭の男の子に、パンダ並みに目の周りが真っ黒な女の子。
黒髪なんて、絶滅してる。
……誰がどう見てもヤンキー校。
あたしは、家からの近さと制服でここに決めたことを今更後悔した。

この学校にいたら、あたしの正体がバレてしまうかもしれない。
それだけは、何としてでも避けなければいけない。
あいつらに見つかることだけは、絶対に避けなければ―――

「おい転校生、自己紹介しろ」
香川の言葉で、ハッと我に返るあたし。
「あっ……えっと、神崎美愛です。よろしくお願いします」
そう言って、あたしはぺこりと頭を下げた。
その途端に、教室中の男子生徒からヒューヒューと野次が飛ぶ。
「うっせぇんだよクソガキ。神崎の席は……空いてるとこに適当に座れ」
いやいやいや、適当すぎるでしょ。
それより生徒をクソガキ呼ばわりって、教育上どうなの……？

そう思ったけど、さすがに口には出せずに、あたしは大人しく空いてる席を探して座った。

# 暁
## TSUBAKI

時が経つのは早いもので、あたしが桜学に転校してきてから三日が経った。
生活が充実していると時間が経つのが早いって言うけれど、あたしの場合充実とは少し違う気がする……
初めのうちは、特に男子生徒からの質問責め。
「どこの学校だったの？」とか「彼氏いるの？」とか「好きなタイプは？」とか………正直ホントにウザい。
まぁ、基本全部シカトだけど。
いちいち答えるのも面倒臭いし、変にあたしに関する情報を洩らされるのも困るし……
シカトしてるうちに向こうも諦めたらしく、三日目の今ではもう話しかけてくる男子はほとんどいなくなった。

＊＊＊

昼休み、あたしは香川に呼び出され職員室に向かっていた。
が……
「職員室どこ……？」
この学校の校舎は結構複雑な造りになっていて、迷子になってしまったあたし。
「ヤバいよなぁ……絶対香川キレてるし」
昼休みに入ってから、既に30分は経っている。

残りは15分くらいしかない。
「んー……とりあえずこっち行ってみよ」
悩んでいても仕方がないので、あたしは適当な勘で廊下を進んで行った。
……さっきもこの廊下、通ったような気がするけれど。
「あーもう無理!!」
さらに歩き続けること約10分。
職員室からは程遠いと思われる、中庭に出てしまったあたし。
教室に戻ろうにも、帰り道がわかんないし……
「どうしよう……」
あたしが立ち止まっていると、背後から話し声が聞こえてきた。
振り返ると、いかにも柄の悪そうな男子生徒が3人。
本当はあんまり関わりたくないけど、今はそんなこと言ってられないよね。
あたしは、思い切ってその不良君たちに職員室の場所を尋ねることにした。


「すいません……あの、職員室ってどこですか？」
ストレートに質問する。
「えー何？　迷子!?」
「え、マジ？　てか超可愛いっ!!　名前なんて言うの？」
あたしの質問には答えてくれず、ナンパしてくる男たち。
「いや、職員室探してるんです」
あたしは、そんな男たちの言葉を華麗にスルー。
しかし、一向に教えてくれる気配はなく……
「職員室とかどーでもいいじゃん、それより俺らと遊ぼうよ♪」
そう言って、3人の内のひとりがあたしの腰に手を回してきた。
「はぁ……もういいです。自分で探しますから」
あたしは男たちに聞くのを諦めて、その場を離れようとした。

しかし、男たちに行く手を阻まれる。
「いーじゃん、一緒に遊ぼうぜ♪」
「てか逃がさねぇよ?」
そう言って、ニヤニヤと気持ち悪い笑みを浮かべて、男があたしの腕を掴んだ。
こいつらに聞くんじゃなかったと、少し後悔。
迷子よりももっと面倒臭いことになっちゃった……
「いい加減にしてもらえます?」
あたしはそう言って、男の腕を振り払った。
「ったく可愛くねぇな。ま、そういうのも嫌いじゃねぇけど!」
なおも諦めずにあたしに詰め寄る男たち。
そして今度は、無理矢理あたしを引っ張って行こうとした。
「マジでいい加減にしてって……」
あまりのしつこさに限界を感じ、あたしは男たちを殴ろうと拳を握った。
が、ハッとして出しかけた拳を引っ込める。
今あたしがこいつらを倒すことは、簡単にできる。
あたしは"強い"から。
……でも今ここでこいつらを倒せば、あたしの存在が目立ってしまう。
噂が広がりでもすれば、あいつらに見つかりかねない。
せっかく逃げてきたのに、ここで見つかってしまえば振り出しに戻ってしまうから……
だから、あいつらに見つかるわけにはいかない。
もうあたしは、"あそこ"には戻れないから……
「あっ、俺たちと遊ぶ気になったぁ?」
抵抗をやめたあたしを見て、あたしを拉致しようとさらに引っ張る男たち。
……どうする?

大声で助けを呼ぶ？　それともこの際軽く殴っちゃう？
あたしが必死に逃げる方法を考えていたその時——

「てめぇらここで何してる？」
不意に後ろから声がした。
振り返ると、白に近い金髪の男がこちらを睨んでいた。
「やっべ、鳳河だっ！」
「マジかよ……逃げんぞ！」
あたしの腕を掴んでいた男たちは、金髪の男を見ると一目散に逃げて行った。
……助かった？
突然の出来事に立ちすくんでいると、金髪の男がこちらに近づいて来た。
「おい、大丈夫か？」
声を掛けられ、顔を上げて男の顔を見るあたし。
——ッッ!?
うわ、何この人、めちゃくちゃイケメン!!
ってか綺麗!!
「おい、聞いてんのかよ？」
男の声で、ハッと我に返るあたし。
いかん、あまりに綺麗で思わず見とれてしまった……
「あはっ、大丈夫です！　ありがとうございました」
あたしは、とりあえずお礼を言ってペコリと頭を下げた。
「いや、別にいいよ。……今度から気を付けろよ」
「は、はい……」
フィッと顔を背ける男に、あたしは小さく返事をした。
というか、学校内で気を付けろって……どんだけ風紀が悪いの？
って思ったけど、さすがに口には出さなかった。

「教室まで送ろうか？　……もうすぐ授業始まんだろ」
「いえ、結構です。ホントにありがとうございました」
この人とは関わらないほうが良い……何となくそんな気がしたから、あたしは急いで立ち去ろうとした。
けど…………
「…………教室どこ？」
迷子だったことをすっかり忘れていたあたし。
思わず口からこぼれてしまったあたしの呟きに、金髪の男が噴き出した。
「ぶっ……お前天然だろ！　やっぱ送ってやるよ」
そう言って、男は歩き出す。
は、恥ずかしー!!
今絶対バカって思われたしッ……
でも、教室がわからないあたしは仕方なく男の後について行くことにした。


「あのー……」
男の後について行ったのはいいけど、明らかに教室とは違う方向に来ているような……？
「ん？　何？」
あたしの問い掛けに反応して、男が振り返る。
「ホントに教室に向かってます？」
「……ね、お前名前なんて言うの？」
スルーですか？
「……神崎美愛です」
でも、素直に答えるあたし。
「美愛か♪　俺は凰河玲央、よろしくな」
玲央と名乗った男がニコリと笑った。
凰河玲央……

16　椿鬼—イケメン総長に愛された最強姫—

その名前を聞いた瞬間、チクリと頭の中で何かが引っ掛かった。
何だろう……どこかで聞いたことがあるような気がする。
その名前に心当たりがあるような気がしたけれど、思い出せなかった。

「着いたよ」
玲央の言葉で顔を上げると、"生徒会室"と書かれたプレートが掛かったドアの前だった。
「……ここ、教室じゃないですよ？」
あたしが玲央に白い目を向けるけれど、玲央はけろりとしている。
「そんなこと見りゃわかんだろ。入れよ」
爽やかな笑顔の玲央。
どうやらあたしに拒否権はないようなので、あたしは諦めて渋々その部屋に入った。
「おぅ、玲央！　遅かったじゃないか……って女⁉」
部屋の中には3人の男がいて、その内の一人の赤髪の男が声を上げた。
「天馬うるせぇ」
後から入ってきた玲央が、その赤髪を一喝する。
「玲央が女の子連れて来るなんて、珍しいねぇ」
さっきとは別の、銀髪の男が少し驚いたように言った。
「おぅ……羅刹の奴らに絡まれてた」
"羅刹"という単語を聞いた瞬間、4人の顔つきが一気に変わる。
────玲央以外の男3人と、あたしの顔つきが……
「……今、羅刹って言った？」
あたしが問い掛けると、玲央たちは驚いた顔をした。
「お前、羅刹を知ってんのか？」

17

玲央に聞かれ、あたしはハッとして口を閉じる。
今のあたしは、ただの高校生。
しかも、転校してきたばっかり……
それなのに羅利を知ってるなんて、少し不自然だ。
「あっ、えーっと……何でもない」
あたしは、慌てて笑って誤魔化した。
「羅利かぁ……最近おとなしいと思ってたんだけどねぇ」
「ちょっとシメとくか？」
始めは不審な顔であたしを見ていたけれど、4人はそのうち何事もなかったかのように話し始めた。
よかった、誤魔化せたかな……？
「いや、もう少し様子を見る……美愛、こっち来いよ」
玲央の言葉で、あたしは再び一気に注目を浴びた。
「おい玲央、そういえばこの美少女誰だよ？」
赤髪があたしを指差して首を傾げる。
「んー俺の女？」
玲央がサラッと言ったけど、ちょっと待て。
いつからあたしは玲央の女になったのよ？
「美愛、こいつらは俺の仲間」
白い目を向けるあたしをよそに、玲央は話を進めていく。
「ちぇっ、玲央ばっかずりー。俺は武藤天馬。よろしくな♪」
赤髪の男が口を尖らせながら言った。
よく見ると、赤髪に銀メッシュがいくつか入っている。
「俺は速水叶多。よろしくね？」
タレ目が印象的な銀髪の男が微笑む。
「……桜木空夜」
最後に、黒髪に青メッシュの男が無愛想に言った。
……何でここに来るまでに、気付くことができなかったんだろう？

18　椿鬼—イケメン総長に愛された最強姫—

この人たちの名前を、あたしは前から知っている。
なぜなら、あたしが一番関わりたくなかった人たちだから。
最初に玲央の名前を聞いた時に、気付くべきだったのに……
「俺らは、"暁"の幹部だっ♪」
天馬が笑いながら言った。

そう、こいつらは暴走族。
それも、関東トップの実力を誇る"暁"————

「……あたし帰ります」
あたしはすぐにこの場から逃げたかったから、急いで部屋から出ようとした。
「は？　何言ってんの？　…………てか帰れんの？」
痛いところを衝いてくる玲央。
「……帰れない…………でも帰る」
「プッ……日本語おかしいだろ！」
あたしの言葉に噴き出す天馬。
「美愛ちゃんだっけ？　そんなに早く帰りたいの？　それとも……俺たちと一緒にいたくない、とか？」
叶多が優しい顔であたしに聞いた。
「早く帰りたいし、あなた達と一緒にいたくない……あなた達と関わりたくないの」
あたしが言うと、玲央が驚いた顔をした。
「俺らと関わりたくない…………何でだよ？」
「別にあなた達暁にかかわらず、羅刹とかもだよ。……あたし、もう暴走族とは関わりたくないの」

あたしはそれだけ言って、部屋から出ていった。
後ろから玲央たちの呼ぶ声がしたけど、振り向かない。

一秒でも早く、あたしはこの場から逃げたかった。

# 玲央side

昼休み、何となく外の空気が吸いたくなって、俺は中庭へと出てきていた。
しかし、中庭には先客がいたようで少々騒がしい。
よく見ると、3人の男に囲まれている女が1人。
……ナンパか。
そう思って通り過ぎようとしたが、男たちの顔を見て俺は立ち止まった。
こいつらは―――羅刹(らせつ)

"羅刹"は、俺たち"暁"と敵対しているチームだ。
俺たち暁は、クスリには手を出さないし女を襲ったりもしない。
それに対して羅刹は、クスリやシンナーは当たり前、レイプもやりたい放題の最低なチーム。
もちろん暁の方が実力は上だし、数も遥かに上回っている。
が、羅刹はやり方が卑怯(ひきょう)で、暁の構成員も何度か闇討(やみう)ちに遭っていた。
そんな奴らだったから、俺は絡まれてた女を放っておけなかった。


「てめぇらここで何してる？」
俺は殺気(さっき)を出しながら男たちに近づく。
「やっべ、凰河だっ！」
「マジかよ……逃げんぞ！」

俺の姿を見た途端、羅利の下っぱたちは一目散に逃げて行った。
羅利も、最近はおとなしくしていると思っていたが……
俺らの見ていないところで、コソコソ汚ぇことやりやがって。
俺は、ぶつぶつ文句を言いながら女の方に近づいた。
「おい、大丈夫か？」
俺が声を掛けると、俯いていた女が顔を上げた。
「……ッ!?」
俺は、女の顔を見た瞬間固まってしまった。
透き通るような白い肌、茶色がかった大きな瞳、桜色の唇、腰まである瞳と同じ色の長い髪———
……こんな可愛い女、今まで見たことねぇ。
一瞬この女に魅入ってしまったが、俺はすぐに我に返った。
「おい、聞いてんのかよ？」
気を取り直して、同じく固まってる女に声を掛ける。
「あはっ、大丈夫です！　ありがとうございました」
女がパッと笑顔になって言った。
「いや、別にいいよ。……今度から気を付けろよ」
「は、はい……」
やっべぇ。
その笑顔、反則だろ。
俺今絶対ぇ顔真っ赤だし。
「教室まで送ろうか？　……もうすぐ授業始まんだろ」
俺は照れ隠しのために、わざと横を向きながら聞いた。
「いえ、結構です。ホントにありがとうございました」
しかし、俺の誘いを断ってスタスタと歩き出す女。
……うわ、信じらんねぇ。
俺の誘いを断る女がいるなんて。
俺に釣られない女なんて、少なくともこの学校にはいないと思ってたんだけど……なーんて。

そんなことを考えながら、俺は女の後ろ姿を見送っていた。
すると、不意に立ち止まる女。
俺が不思議に思って見ていると、女がぽつりと呟いた。
「…………教室どこ？」
あまりに間抜けな女の言葉。
「ぷっ……お前天然だろ！　やっぱ送ってやるよ」
悪いとは思いながらも、俺は思わず噴いてしまった。
俺の反応に、顔を真っ赤にする女。
いや、マジで可愛いな。
こいつを溜まり場に連れてって、天馬たちに自慢してやっか。
俺はそんなことを企みながら、ゆっくりと生徒会室に向かって歩き出した。
「あのー……」
俺が溜まり場に向かっていると、後ろを付いて来ている女が声を掛けてきた。
「ん？　何？」
俺が振り向きながら聞くと、俺に白い目を向けている女。
「ホントに教室に向かってます？」
……さすがにバレたか。
うーん……
本当のこと言ったら、こいつついて来なさそうだし。
でも、天馬に自慢してやりたい……
……バックレるか。
「……ね、お前名前なんて言うの？」
無視されるかな？
「……神崎美愛です」
意外にも素直に答えてくれる女。
「美愛か♪　俺は鳳河玲央、よろしくな」
俺が名乗ると、美愛の表情が一瞬強ばった。

23

その顔を見て俺は少しだけ身構える。
俺の名前にただ反応するだけなら、まだ普通だが。
美愛は、おそらく本人も無意識にだと思うが一瞬俺の名前に警戒していた。
この世界にいるからこそわかる、微かな表情の変化。
……こいつ、ただの一般生徒じゃねぇな。
こいつは、俺たちと同じ世界に生きている————
直感でそう思った。
しかし、美愛の表情はすぐに元に戻った。
まるで、何事もなかったかのように。
まるで、俺に何も悟らせないかのように…………
……面白ぇ。
俺に媚びない女は初めてだが、こんな目をする女も初めてだ。
俺は、この神崎美愛という不思議な女に興味を持った。
こいつには、絶対何かがある…………


「着いたよ」
俺が言うと、美愛は冷たい視線を向けてきた。
「……ここ、教室じゃないですよ？」
「そんなこと見りゃわかんだろ。入れよ」
美愛の言葉を受け流し、俺は扉を開けながら言った。
何を言っても無駄だとわかったのか、渋々と中に入る美愛。
途端に、驚いたような天馬の大声がした。
「おぅ、玲央！　遅かったじゃないか……って女⁉」
美愛を見た瞬間、驚いて声を上げた天馬に、「天馬うるせぇ」と俺が一喝。
「玲央が女の子連れて来るなんて、珍しいねぇ」
天馬とは打って変わって冷静な、けれど少し驚いた様子の叶多。
まぁそりゃ驚くわな。

俺は、今までで一度も女をここへ連れ込んだことなんてなかったんだから。
というか、女に興味を持ったことすらなかった。
「おぅ……羅利の奴らに絡まれてた」
俺が言うと、一瞬にして全員の顔が強ばった———美愛も含めて。
「……今、羅利って言った?」
美愛が口を開いた途端、部屋の空気が変わる。
背筋が凍るような、冷や汗が滲むような———恐ろしいほどの、殺気。
場慣れしている俺たちですら、そのピリピリとした空気に一瞬怯んでしまう。
この一瞬でこれほどの殺気、俺でも出せねぇんだけど……?
「お前、羅利を知ってんのか?」
威圧的な空気を押し返して俺が口を開くと、一瞬しまった、という顔をしながら、「あっ、えっと……何でもない」と笑って誤魔化す美愛。
……こいつ、絶対ぇ何か知ってやがる。
それにあの殺気も、普通の奴が簡単に出せるようなものじゃない。
美愛は一体、何者なんだ?
そんなことを考えながら、俺は叶多の隣に腰を下ろした。
それから羅利のことに少し触れてから、適当に自己紹介。
天馬が美愛のことを聞いてきたので、俺の女ってことにしておいた。
美愛が「何言ってんの?」的な目で見てきたけど、そんなの気にしない。
天馬、叶多、空夜と、次々に自己紹介していく。
……羅利を知ってるくらいだから、俺たちのことも多分知って

いるんだろう。
話が進むにつれ、だんだんと美愛の顔が強ばってきた。
「俺らは"暁"の幹部だっ♪」
天馬がそう言うと、俯き気味だった美愛が顔を上げた。
……全くの無表情。
まるで、感情を持たない人形のようだ。
「……あたし帰ります」
美愛はそう言うと、部屋を出て行こうとした。
「は？　何言ってんの？　…………てか帰れんの？」
俺が引き止めると、美愛が固まった。
多分……いや、絶対に帰れないんだろう。
「……帰れない…………でも帰る」
その言葉に、思わず噴き出した天馬。
「プッ……日本語おかしいだろ！」
そんな天馬を見て、顔を真っ赤にする美愛。
……やべぇ、めちゃくちゃ可愛い。
不謹慎だとは思いながらも、思わずそんなことを思ってしまう。
「美愛ちゃんだっけ？　そんなに早く帰りたいの？　それとも……俺たちと一緒にいたくない、とか？」
叶多が優しく聞くと、美愛は叶多に視線を移した。
「早く帰りたいし、あなた達と一緒にいたくない……あなた達と関わりたくないの」
美愛の言葉に、俺たちは少なからず驚いた。
「俺らと関わりたくない…………何でだよ？」
「別にあなた達暁にかかわらず、羅利とかもだよ。……あたし、もう暴走族とは関わりたくないの」

……やっぱり、こんな女初めてだ。
普通、女はどんな手を使ってでも、俺たちに媚びてくる。

なのに美愛は、関わるどころか拒絶するなんて……
美愛はそれだけ言うと、足早に部屋から出て行った。
ピシャリと閉まったドアを見ながら、しばらく呆然とする俺たち４人。
美愛の、あの何も映っていない瞳が目に焼きついて離れない……
「うわ〜、俺らが拒否られるとか、初めてじゃね？」
しばしの沈黙を破ったのは、天馬の気の抜けた声だった。
「……玲央、あの子何者？」
叶多が俺に聞いてくる。
やはり叶多も、美愛が只者じゃねぇって気付いたらしい。
ってか、俺に聞かれてもなぁ…………
「実は俺もわかんねぇんだわ……でも、ただの女じゃねぇってことは確かだ」
「はぁ……素性もわかんない子を連れてきたの？」
叶多が呆れたようにため息をつく。
叶多の言う通り、何者かもわからない奴を溜まり場に連れて来るのは、かなり危険なことだ。
……だが、俺は何故か美愛が悪い奴とは思えなかった。
いや、多分俺はあんな瞳をしていた美愛のことを、放っておけないだけなのかもしれない。
何も映っていない、何の表情もない……感情が欠落してしまったかのような美愛を、一人にしておきたくないだけなのかもしれない……
まぁ確証なんてないけれど、少なくとも、美愛は俺たちの敵ではない……そんな気がする。
強いて根拠を言うなら、俺の勘だ。
でも、やっぱり少し心配になった俺は「空夜、頼む」と小さく言った。

27

「はぁ……しょうがねぇな」
俺の言葉に、渋々とノートパソコンを開く空夜。
空夜は、暁の幹部兼情報係。
天才ハッカーで、空夜に調べられない情報は、多分ないんじゃないかと思う。
だから俺は空夜に、美愛のことを少し調べてもらうことにした。

# 美愛×椿鬼
## TSUBAKI

あいつらの所からとりあえず飛び出して来たのはいいものの……
「あ゛〜、教室どこ〜⁉」
神崎美愛17歳、再び迷子です。
「ん゛〜ここさっきも通ったような……？」
ひたすら廊下を歩き続けるあたし。
――――グゥウ〜
あたしのお腹(なか)が鳴った。
……そりゃそうだ。
よく考えたら、あたしお昼ご飯食べてないし。
もう本当に何なのこの校舎⁉
あたしが廊下で一人でキレていたら、前方から十数人の男たちがやって来た。
……何か、すごーく嫌な予感がする。
あたしは絡まれないことを全力で願いながら、こっそりと通り過ぎようとした。
しかし……
「おっ、さっきの子発見♪」
「さっきは邪魔が入ったからな〜今度こそ拉致(らち)るか♪」
あたしの願いも虚しく、ニヤニヤしながらこちらに近づいて来る男たち。
よく見れば、さっきあたしをナンパしてきた奴らも混じってい

29

た。
人数増えてるし……ってか、この人たちみんな羅利かな？
「ねぇ、俺たちと遊ぼーぜ？」
「今度は逃がさねぇよ」
……嫌な予感的中。
気付けば、あたしは男たちに取り囲まれていた。
「あの、あたし急いでるんで……」
平和主義のあたしは、ダメ元で言ってみる。
「だ～か～ら～、逃がさねぇっつーの」
ですよねー。
頭をフル回転させて、この場を乗り切る方法を考えるあたし。
①殴って男が怯んだ隙に逃げる。
②一番強い奴とタイマン張る。
③全員ぶっ倒す。
だあああぁ!!!
全部喧嘩しか浮かばない!!
あたしが頭を抱えていると、いきなり一人の男に腕を掴まれた。
……どうやら、本気であたしを拉致る気らしい。
あーもう、暁といい羅利といい、ホントに何なの？
面倒臭いったらありゃしない。
「……もういい、もう知らない」
考えるのも面倒臭くなり、自分の中で何かが吹っ切れてしまったあたし。
掴まれた腕を思いっきり振り払い、あたしは男たちを睨みつけた。
「ナンパだったら、鏡見てから出直してくれない？」
あたしが嘲笑いながら言うと、男たちの目付きが変わった。
「てめぇ、女だからって優しくしてりゃ、いい気になりやがって!」

「おい、マジで拉致るぞ！」
男たちが一斉に襲いかかってくる。
……それで良い。
頭に血が上ってる状態の人間って、何をするかわからないんだ。
これで、少しは楽しめそう……
「だからぁ、あたしはあんたたちと遊ぶ気なんてないの！」
あたしがさらに挑発すると、それに比例して男たちの顔が真っ赤になっていく。
「クスッ……楽しませてね？」
あたしはそう呟いて、殴りかかってきた男のボディに拳を叩き込んだ。
「うっ……ぐはぁ……」
拳を食らった男は、一発でその場に崩れ落ちる。
何こいつ、弱っ……
「クソ女ッ……!!」
「誰がクソ女よ？」
次々と殴りかかってくるのをかわしながら、急所を狙って一発で倒していく。
「てめぇ死ねー！」
逆ギレした男の一人が、腰から警棒を取り出した。
ちょ、女一人に警棒って……
ま、そっちの方が面白くなりそうかな？
「わ、物騒なもん持ってんね？」
あたしはニヤリと笑いながら、軽々と警棒を避けて男に回し蹴りを食らわす。
これが見事に男の顎に決まってしまい、男はそのままダウン。
あーあ、なんか期待外れかも……

気付けば、辺りにはボロボロになった男たちが転がっているだ

けだった。
「あ〜あ、つまんない……ね、あんたたち羅刹なんでしょ?」
あたしは一番近くに倒れていた男に問い掛ける。
しかし、男の意識は半分飛んでいて目も虚ろだった。
「あんたんとこの頭に伝えといて? ……弱すぎて笑える、ってさ」
あたしはそう言い残し、ゆっくりと歩き始めた。

そして再び迷子になったのは、言うまでもない…………

＊＊＊

「で、そんな言い訳が通用するとでも?」
あれから約数分後。
あたしはただ今、担任の香川からのお説教の真っ最中。
結局あたしが香川と巡り会えたのは、昼休みから一時間も経ってからだった。
「だ、だってこの校舎広すぎるんですよ‼」
必死に弁解するけれど、香川の表情はまるで鬼。
「遅刻だけならまだ良い。だがな、何故喧嘩する必要があった?」
……そう、あたしが羅刹とやり合ったたことが、香川にバレてしまったのだ。
と言うのも、香川が喧嘩の現場を見ていたらしい。
あたしがあの場から立ち去り、迷子になっていたところをそのまま現行犯で捕まったのだ。
「いや、あれは喧嘩じゃなくて一種の正当防衛です！ 向こう警棒持ってたし……」
あたしが言うと、香川は眉を吊り上げた。

「違(ちげ)えよ。あんなクズ共のことなんざどうでも良い」
……果たして、教師が生徒をクズ呼ばわりしても良いんだろうか？
ってか、それが理由じゃないなら、あたしは今なんで説教されてんの？
まぁ、確かに少しやり過ぎたとは思うけれど……
でも、それはあたしの悪い癖。
一旦喧嘩を始めてしまうと、自分を抑(おさ)えられなくなるんだ……
……
「お前、どこかのチームに入ってたんじゃねえの？」
香川のその言葉に、あたしの思考がストップする。
「な、何言ってるんですか……そんな訳ないじゃないですかッ」
あたしが慌(あわ)てて否定すると、香川は小さくため息をついた。
「さっきのお前の動きは、一般人が簡単にできる芸当じゃねえよ。それにあの殺気……あれは相当な修羅場(しゅらば)くぐってきた奴が出すもんだ」
……この人はプロだ。
あの一瞬でここまで読み取ったなんて……
そして、あたしの殺気に気付くだけじゃなくて、それに耐えられるなんて…………
でも、今ここであたしの正体がバレるわけにはいかない。
何とかこの場を切り抜けなければ……
「……お前さ、もしかして椿鬼(つばき)なんじゃねえの？」
香川が静かに口を開いた。
…………何で知ってるの？
警戒したあたしは、出せる限りの殺気を放つ。
「その殺気……やっぱ椿鬼なんだな」
香川が苦笑しながら言った。

「おい、別に俺はお前の正体バラすつもりねぇよ。
…………だから殺気止めろ」
————ゾクッ
香川から、一瞬殺気が放たれた。
「あんた、何者？　何であたしを……椿鬼を知ってるの？」
あたしが聞くと、フッと小さく笑みをこぼす香川。
「……俺も、同じだったんだよ」
「えっ……？」
香川の言葉に、思わず反応してしまったあたし。
「俺もチームに入ってたんだよ…………"覇王"のな」
————覇王
あたしが、最も聞きたくなかった言葉。
あたしが、最も会いたくない人たちがいるチーム。
そして————

あたしが、裏切った暴走族————

「えーっと……ま、覇王っつっても俺はただの構成員だったけどな。それに、あの頃は今ほど有名じゃなかった」
何故か少しつっかえながら喋る香川。
しかし、あたしはそんなことは気にせず香川の言葉を聞いていた。
そう、今の覇王は知らない人がいないくらい有名になった。
何しろ、全国トップの暴走族なのだから……
でも、まさか香川が元覇王だなんて……正直驚きだ。
「……じゃあ、先生はあたしの先輩ってことですね」
フッと気を緩めながらあたしが口を開くと、香川は苦笑した。
「ま、形式的にはな。だが、俺とお前じゃ格が違えよ……お前は四天王なんだから」

香川の言葉に、あたしは静かに首を横に振った。
「今はもう、四天王じゃないですよ。というか、覇王でもない……」
「あぁ、知ってるよ。現役の奴らが、必死になってお前を探してる……らしいな」
香川があたしを真っすぐ見て言った。
……わかってる。
あの人たちが、あたしを探してることも。
そして、あたしを恨んでることも…………
「何があったかは知らねぇし、聞くつもりもねぇけど……だが、後悔だけはすんじゃねぇぞ？」
香川が静かに言った。
「このまま逃げ続けてても、いつまで経ってもケリはつかねぇ」
香川の鋭い言葉が、容赦なくあたしの胸に突き刺さる。
思わず顔を逸らしたあたしに、香川はさらに続けた。
「それに、ここにいる限り"暁"の奴らは避けられねぇぞ」
"暁"という単語で、あたしはパッと顔を上げた。
もしも暁の連中に、あたしの正体がバレたりしたら…………
「先生……あたしのこと、黙っててもらえますか？」
あたしは香川の目を見て言った。
これは、あたし自身の問題。
関係ない人たちを巻き込むわけにはいかない……香川も含めて。
「俺は別に良いけど……あいつらは黙ってねえかもよ？」
……は？ どういうこと？
あたしが疑問に思っていると、香川はため息をついた。
「あいつら、既にお前のこと探ってる」
嘘ッ!?
もう探ってるって……ありえない。
今日会ったばかりなのに？

35

まぁ確かに、あいつらからすれば、あたしは怪しい要素の塊かもしれないけれど……
でも、それはすごく困る。
だってあたしに関われば、必然的に"覇王"とも関わることになるから…………
「ま、あいつらは悪い奴らじゃねぇよ。それは保証する」
いやいや、そんなこと保証されても。
代わりに身の安全が保証できなくなるんだけど……
でも、暁は関東トップだから、あたしのことなんてすぐに調べ上げてしまうだろう。
覇王が情報操作をしてれば別だけど、そうとは思えないし…………
覇王の実力は本物。
特に総長は"皇帝"、幹部は"四天王"と呼ばれ、これにかなう者はいないと言われている。
全国トップになったのは、この皇帝と四天王が覇王の幹部になってからだ。
……それくらい、その五人は強かった。
で、その四天王の一人が、あたし、"椿鬼"。
覇王に入ってからは、毎日喧嘩ばかりしていた。
相手が動けなくなるまで、殴り続ける…………
いつからか、あたしは"椿鬼"と呼ばれ、恐れられるようになった。
……あたしは覇王が大好きだった。
あたしを受け入れてくれる仲間がいる、唯一のあたしの居場所だった。
でも……
「あたし、覇王に戻る気はありませんし、暁と関わる気もありませんから」

あたしがきっぱり言うと、香川は苦笑しながら「わかった、黙っといてやる」と言った。
正確には、"戻らない"んじゃなくて"戻れない"んだけどね……
それから、あたしと香川は教室に戻った。
あたしの喧嘩の件は、香川が何とかしてくれるみたいなので、香川に任せることにした。

この時はまだ、あたしは気付いてなかった。
暁の、本当の強さに。
羅刹の、本当の厄介さに。
そして、覇王の、本当の実力に————

# 想い
## TSUBAKI

香川に、あたしが"椿鬼"だとバレてから一週間が経った。
あれから特に変わったことと言えば、香川の態度が以前に比べ、少し柔らかくなったことくらいかな。
どうやらあたしが覇王だったと知って、親近感が湧いたらしい……
初対面の時は、ぶっちゃけめちゃくちゃ恐かったんだけど。
でも覇王OBと知って、その恐さにも納得。
ってか、暴走族出身でも教師になれるんだね……

「美愛おっは〜♪」
あたしが教室に入ると、天馬が声をかけてくる。
……そう、変わったことがもう一つあった。
暁の幹部たちが、あたしに急接近してきたのだ。
というより、みんなあたしとタメだったんだね……しかも全員同じクラスだし。
「美愛〜、屋上行こーぜ♪」
この一週間、しつこくあたしに話し掛けてくる天馬。
いくら無視しても、懲りてくれない。
……正直、かなりウザい。
「美愛ちゃん、今日生徒会室来ない？」
まるで天馬が存在しないかのように、叶多があたしたちの間に割り込んできた。

どうやら天馬をシカトしてるのは、あたしだけじゃないみたいだ…………
「美愛、そろそろ俺らと会話しろよ」
玲央が不機嫌そうに言った。
……いや、無理だってば。
だってあたし、暁と関わりたくないし。
それより玲央たちのせいで、あたしクラスでかなり浮いてるんですけど……
事実、玲央たちの存在感が大きすぎて男子はビビッて近づいて来ないし、女からは嫉妬と妬みの視線が半端ない。
結果、友達どころかあたしに話し掛けようとする人すらいない。
……まあ、そっちの方がありがたかったりするのも正直なところではあるんだけど。
それに、この人たちがあたしについてどれくらい調べているのかが分からないから、迂闊に玲央たちには近付けないし。
で、結局あたしは無視し続けているのだ。
でも、一週間も話し掛けられ続けたら、さすがにストレスも溜まるわけで……
「あーもういい加減にしてよ！　しつこい！」
我慢できなくなったあたしは、そう叫びながら思いっきり玲央たちを睨んだ。
「おっ、やっと喋った」
特に悪びれた様子もなく、にやりと笑う玲央。
「はい、屋上行き決定〜♪」
言うが早いか、あたしは天馬に腕を掴まれ、教室の外に連れ出された。
「ちょ、離してよっ！」
あたしが抵抗しても、全く聞く耳を持たない天馬他３名。
信じらんないし!!

あたしは、4人に囲まれた状態のまま連行されて行く。
いや、正確には3人か。
空夜はケータイをいじりながら、後をついて来るだけだから……
はぁ、やる気ないなら助けてくれないかな？
そんなことを考えていたら、前方から香川が歩いて来るのが見えた。
ラッキー、助かった♪
香川なら、あたしが暁と関わりたくないことを知っているから、何とかしてくれるはず……
そんな淡い期待を膨らませながらあたしが香川に助けを求めようとした時、天馬が先に口を開いた。
「香川ちゃ〜ん、こいつちょっと借りるね♪」
「あ？……ったく、転校生あんまいじめんなよ？」
サラリとそう言うと、何事もなかったかのように平然と去って行く香川。
…………え？
普通、目の前で拉致られてる生徒を見捨てる？
もはや抵抗する元気すら残っていないあたし。
まるでこれから地獄に行くような心境で、あたしはおとなしく連行された。


そして、あっという間に屋上に連れて来られたあたし。
4人のヤンキーに囲まれてるあたしは、端から見ればリンチされてるみたいだ……
「美愛……俺らの仲間になれ」
屋上に着いたと同時に、何の前置きもなく発せられた玲央の言葉。
「……ん？」

玲央のその唐突な言葉に、あたしは間抜けな声が出てしまった。
ってか、仲間って……意味わかんないんだけど。
「実は美愛ちゃん、ちょっと今危険な状況なんだよねぇ」
状況が呑み込めていないあたしに苦笑しながら、叶多が言葉足らずの玲央に付け足すように説明してくれた。
叶多の話によると、こういうことらしい。
あたしが羅刹に絡まれてたのを玲央が助けたことによって、羅刹はあたしが玲央の女だと勘違いした。
関東トップの暁相手に羅刹が正面から向かったって、勝算はゼロに等しい。
そこで、手段を選ばない羅刹はあたしを人質にして暁を潰そうと目論んでいるらしい。
……つまり、あたしは羅刹から狙われてるってわけか。
はぁ、勘違いも良いとこだよね。
「これは俺たちの責任でもあるんだ。だから、俺たちが美愛ちゃんを守る」
叶多があたしの目を見て言った。
……確かに、普通の女の子なら危ない状況かもしれない。
でも、あたしは普通じゃない。
あたしが現役のころは、毎日敵対するチームの幹部クラスに狙われていたし、もちろん喧嘩だってできる。
むしろ、暁よりもあたしの方が強い気さえする。
それを考えたら、羅刹なんて恐くも何ともない。
「いや、別に守ってもらわなくてもいいから……」
あたしが言うと、玲央が険しい顔をした。
「お前、今の自分の状況わかってんのか？」
…………状況？
そんなの、少なくともあなたたちよりはわかってるつもりだけど。

「わかってないのは、そっちの方なんじゃないの？」
「……何？」
あたしの挑発的な言葉に、玲央がぐっと眉を吊り上げた。
「チームに女を置くことがどういうことか……それをわかって言ってるの？」
あたしの言葉に、叶多と天馬が俯く。
そう、女を置くということはチームを強くする反面、最大の弱みとなる。
特に関東トップともなると、なおさらだ。
「それにあたしのことを調べたんなら、あたしが普通の女じゃないことくらいわかってるんでしょ？」
あたしのその言葉に反応したのは、今まで黙っていた空夜だった。
「確かに、お前について少し調べさせてもらった。だから俺らは知ってる…………お前があの"椿鬼"だってこと」
空夜が静かに言った。
……やっぱり、バレちゃったんだ。
せっかく香川に黙ってもらってたのにな。
さすが、関東トップなだけあるよ。

「……そこまでわかってて、なんであたしに関わろうとするの？」
格や規模が違えど、覇王も暁も暴走族。
今は敵対していなくても、覇王は暁にとって脅威のはず……
どんな形であれ、あたしに関われば覇王も絡んでくることは、バカでもわかるでしょ？
覇王は、潰したチームを傘下に置くことはあっても、同盟を結ぶことは絶対にない。
そうやって全国トップにまで上り詰めた覇王は、今や暴走族の

中の絶対的存在。
覇王に喧嘩を売るチームなんて、まずない。
暁も関東トップだから、ただでさえ覇王に目を付けられる可能性は十分にあるのに……
チームを危険に晒してまで、あたしを仲間に入れようとする理由がわからない。
「あたし、覇王だったんだよ？　分かってて言ってるわけ？」
あたしがそう吐き捨てると、玲央が悲しそうに顔をしかめた。
「わかってる。わかってるけど、でも、お前を放っとけなかった……お前の目、すげぇ悲しそうなんだよ。うまく説明できねぇけど、とにかくこのままお前を放っておいちゃいけねぇ気がするんだ」
その言葉に、思わず顔を背けるあたし。
……あなたに、あたしの何がわかるの？

仲間を裏切り
仲間から恨まれ
仲間に追われる……
そんなあたしの気持ちの、何がわかるって言うの？

「確かに、お前を暁に入れることは仲間を危険にさらすことになるかもしれねぇ。それは、総長として許されることじゃねぇのはわかってる。でも…………」
……聞きたくない。
それ以上聞いたら、きっとあたしはあなたたちに頼ってしまう。
もうあたしには、仲間をつくることは許されないのに……
あたしはチームの禁忌を犯したんだ。
だから……

「お前を守りたい」

玲央の言葉が、あたしの胸にジンと響く。
あの日から、ずっと凍りついていたあたしの心を溶かすように……
あたしの胸に、深く深く響いた。
「……どうしてそこまでしてくれるの？」
あたしは、瞳を閉じながら静かに聞いた。
「俺が…………お前に惚(ほ)れたから」
その答えに驚いて目を開くと、目の前に玲央の顔のドアップ。
相変わらず、悔しいくらいに綺麗(きれい)で整った玲央の顔。
「俺の女になれよ。そしたら、ずっと守ってやる……」
玲央の甘い声に、背筋がぞくぞくする。
あたしを……守る…………？
出会ってから、まだ一週間しか経ってないのに。
関わっちゃいけないってわかっているのに。
……なのに、そんな気持ちとは裏腹にドキドキと煩(うるさ)いあたしの心臓。
もしかしたら、あたしは心のどこかでずっと、誰かに助けてほしかったのかもしれない。
誰かに頼りたかったのかもしれない。
独りぼっちは、淋しかったのかもしれない…………
……自分で選んだ道なのにね。
あぁ、あたしって本当に弱いなぁ……
「お前が泣いてる時は、泣き止むまで俺が傍にいてやる。お前が戦う時は、俺が一緒に戦ってやる。お前が危ない時は、俺が絶対に助けてやる。だから…………」
あたしの視界が、涙で歪(ゆが)む。
人前で泣いたのなんて、いつぶりだろう？

どれだけ頑張っても、あたしは流れる涙を止めることができなかった。
そんなあたしに、玲央は優しく微笑みながらそっと囁いた。
「だから、俺らを信じてくれないか？」
玲央の言葉に、ただただ頷くことしかできないあたし。
そんなあたしを、玲央はギュッと抱き締めてくれた。
玲央の甘い香りが、あたしを包み込んだ…………と思ったら、いきなり腕を掴まれていつのまにかあたしは天馬の腕の中。
「玲央ばっかカッコつけやがって！　俺だって美愛のこと好きだしっ♪」
そう言って、天馬はあたしをぎゅーっと抱きしめる。
なんか若干苦しい……
「てんめぇ、俺の女に手ぇ出すんじゃねぇ！」
そう叫んだ玲央が、あたしを奪い返す。
いやいや、あたし玲央の女になったつもりはないんだけど……
「やーだっ！　美愛は俺の〜！」
天馬も負けじとあたしの腕を引っ張る。
左右の腕を引っ張られて、綱引きの綱状態のあたし。
このよく漫画とかで見る光景、実際に当事者になってみると、かなり痛い。
そして何より、制服が破れそうで怖い。
……いい加減うざい。
先程まであたしの目元に滲んでいた涙は、とっくに引っ込んでしまった。
アホな争いをしている２人に、ちょっと蹴りでも入れてやろうかと思った時。
伸びてきた手に引っ張られ、第三者の腕の中に収まった。
「もう、二人ともいい加減にしろよ。美愛ちゃん困ってるでしょ？」

45

あたしを助けてくれたのは、不気味な笑顔の叶多だった。
…………叶多さん、ブラックオーラが半端ないです。
「チッ……俺は諦めねぇかんな！」
ぷいっとそっぽを向く天馬に、玲央は「上等」と言って中指を立てる。
はぁ……あんたらはガキか。
「……眠いから帰る」
今まで黙ってた空夜が、面倒臭そうに呟いて立ち去ろうとした。
……なんか、空夜ってマイペースだよね。
空夜の周りだけ、独特な空気があるというか。
「じゃ、俺たちも戻ろうか？」
叶多はそう言って、あたしの手を取り歩き始めた。
「おい、俺を置いてくなよ～!!」
「てめぇは一生ここに居ろ！」
後ろから、再び天馬と玲央のアホな言い合いが聞こえてきた。
……あの２人、精神年齢いくつだろ？
……でも。
何だかんだ言って、みんなあたしのことを本気で心配してくれてるんだなって思う。
香川が保証できるって言ってた意味がわかる気がした。
みんな仲間思いで、面白くて、個性豊かで……
あたしは自然と、これからみんなと一緒にいたいって思ったんだ。

ねぇ魁斗、あなたはこんなあたしをどう思う？
もう一度仲間を作り、再び笑顔になろうとするあたしは、あなたの目にどう映るのだろう？
……きっと、最低の女だって思うよね。
魁斗たちが、あたしを恨んでいることはわかってる。

わかっているけれど……でも許されるのなら、あたしは暁のみんなと一緒にいたいよ……

ねぇ魁斗、あなたはこんなあたしを許してくれますか？

## 溜まり場

屋上から出たあたしたちは、教室へは戻らずに生徒会室へと向かった。
聞けば、普段みんなはほとんどこの場所で過ごしていて、滅多に教室には行かないらしい。
「だって教室行ったら勉強しなきゃじゃん」
天馬が口を尖らせて言うけど、あんたは小学生か。
一体何のために学校に来てるんだろう？
精神年齢がもろガキの天馬に呆れながらふと横を見ると、ソファーでタバコをスパスパとやり始めた玲央。
……ここ、学校だよね？
「ねぇ、学校でタバコとか平気なわけ？」
あたしは玲央の隣に腰を下ろして、首を傾げながら聞いた。
「あ？　別にいーんじゃね？　何も言われたことねぇし」
別に気にしてない様子の玲央。
「……この学校って禁煙じゃないんだね」
香川も職員室で普通に吸ってたしなぁって思って、あたしが一人納得しながら頷くけれど。
その途端、叶多、玲央、天馬が同時に噴いた。
「美愛ちゃん、つっ込むところ違うでしょ」
「お前、マジで天然！」
天馬に至っては爆笑して床に転がっている。
……あたし、そんなに変なこと言ったかな？

「…………バカ」
空夜がボソッと呟いた。
うわ、空夜までひどい……
みんなに散々笑われてあたしが軽く拗ねていると、玲央があたしの頭を撫でてきた。
「ま、美愛が可愛いっつーことだよ」
いや、理由になってないから。
でも、『美愛が可愛い』ってところだけは、ありがたく受け取っておこう。
……そもそも玲央に可愛いなんて言われても、説得力ない気がするけれども。
「あ、そうだ！　これから溜まり場行かね？」
天馬からのいきなりの提案。
「ん～、ここにいてもつまんないしね。いいんじゃない？」
叶多が賛成した。
「…………どーでもいい」
空夜は相変わらず興味なさそうな返事。
「よし、行くか！」
玲央がそう言って、あたしの手を掴んで歩き出そうとしたけれど、あたしはその場から動かなかった。
いや、動けなかった。
「美愛……どうした？」
動かないあたしを見て、不思議そうな顔で聞いてくる玲央。
その言葉に、あたしは小さく俯いた。
本当は、みんなの溜まり場に行ってみたい気もする。
でも、それと同時にあたしは行ってはいけないような気がした。
あたしは、今はもう抜けたといっても、覇王の人間だったことに変わりはない。
敵対はしてなくても、同盟や傘下でないチームが他のチームの

溜まり場に行くことはタブー。
だからあたしは、暁の溜まり場に行くことを躊躇っていた。
すると、不意に玲央の大きな手があたしの頭にポンとのっかった。
「お前はもう、暁の人間だ。迷うことなんかねぇよ」
……まるであたしの心を読んだかのような玲央の言葉。
驚いて顔を上げると、愛おしそうに玲央があたしを見つめていた。
「…………いいの？」
あたしが聞くと、「当ったり前じゃん♪」と、玲央の代わりに天馬が答える。
「行こう？」
叶多があたしに微笑みかける。
…………嬉しい。
あたしは、ここに居ても良いんだ。
この人たちは、あたしのことを受け入れてくれようとしている。
みんなを信じてみよう、と心から思い、あたしは大きく頷いた。

それから、あたしたちは駐輪場？　にやって来た。
一応駐輪場なんだけど、そこはさすがヤンキー高。
チャリよりもバイクの方が圧倒的に多い。
……もはや駐輪場と言うより駐車場だよね。
あたしが出口近くで待っていると、玲央たちがバイクに乗って現れた。
「ほら、乗れよ！」
あたしにメットを投げてくる玲央。
「あっ……」
あたしが思わず呟くと、「どうした？」って玲央が不思議そうに首を傾げた。

玲央のバイクの色……魁斗と同じだ。
いくら元暴走族と言っても、あたしはバイクにはあまり乗っていなかった。
ただ単に、運転がへたくそっていうのが理由なんだけれど。
だからバイクなどに関しては疎かったし、特に思い入れもない。
……でもこの色のバイクを見るたびに、乗っているのが魁斗なんじゃないか、とビクビクしてしまう。
といってもどちらも族車だから、細かい部品などは多少違うんだけど。
黒を基調としていて、赤いラインが入っている玲央のバイク。
「どうした？　まさか乗れねぇの？」
玲央の問いかけに、あたしは「まさか」と笑いながらメットを被った。
……今は、魁斗のことは忘れよう。
いや、魁斗だけじゃなくて、覇王のことも、全部。
今のあたしは、"暁"なのだから…………
バイクの後ろにまたがり、玲央の腰に手を回す。
「あー玲央ずりぃ！　美愛俺の後ろ乗れよ〜」
後ろから天馬が喚きながらやってきた。
天馬のバイクは、赤にシルバーのライン……髪の毛と同じじゃん。
「さ、早く行こっか」
喚く天馬を完璧に無視して、黒と青のバイクに乗った叶多が言った。
空夜なんてもう既に走り出してるし。
「美愛、掴まっとけよ」
玲央がそう言うと、バイクはエンジンの爆音と共に走り出した。
玲央のことだからもっと飛ばすと思っていたけれど、意外にも安全運転の玲央。

51

いつもこんなスピードなのかな?
「ね、もっと飛ばさないの?」
あたしは大声で玲央に聞いてみた。
「バーカ、女乗せて事故るとかシャレになんねーだろ」
同じく大声で答えた玲央。
なるほど……ってあたしのためだったんだ。
でも、そんな玲央のちょっとした気遣いにもときめいてしまうあたしは、おかしくなっちゃったのかな?
こんな感情、初めてだ…………
自分でもわかる。
玲央と喋れば喋るほど、玲央の目が直視できなくなること。
玲央の笑顔を見る度に、心臓がドキドキと煩いこと。
あたしは、きっと既に玲央に恋をしている。
関わりたくないって思っていたのに、今はそんなこと思いたくない。
……でも、一方では怖い気もする。
あたしが過去に何をしたかを知ったら、玲央たちが離れていくんじゃないか、って。
みんな、あたしのことを嫌いになるんじゃないか、って……
「もうすぐ着くぞ」
玲央があたしに言った。
顔を上げると、数百メートル先に倉庫のような建物があった。
多分、あれが溜まり場なんだろうな。
思ってたより大きいけれど。
まぁ、関東トップだから当たり前か…………
だんだんと倉庫に近づいてきて、門の前でバイクは止まった。
あたしはぴょんとバイクから飛び降りる。
「乗る時も思ったけど、お前バイク乗り慣れてんな」
玲央が少し驚いたように言った。

「一応免許持ってるから。……へたくそだけど」
あたしが答えると、「マジかよ」と玲央が目を見開いた。
ま、ペーパードライバーだけどね。
現役のころだって、ほとんど誰かの後ろに乗っかってたし。
「あれ、そういえばみんなは？」
周りに誰もいないことに気付き、あたしは玲央に聞いた。
「あー多分先に中にいると思う」
そう答えて歩き出す玲央。
……あたしのせいで遅くなっちゃったのね。
ちょっぴり罪悪感を感じながら、あたしは玲央の後に付いて行った。
倉庫の中に入ると、ものすごい数のバイク。
カラフルな頭のヤンキー君たちが、それぞれ自分のバイクをいじっていた。
なんか懐かしいなぁ。
エンジンを吹かす音、オイルのにおい、倉庫のこの雰囲気――
――全てが懐かしく感じる。
……魁斗たちは今、何をしているのだろう？
学校？　溜まり場かな？
それとも…………
「おい、行くぞ」
ぼーっとしているあたしに、玲央が声をかけた。
あたしは「うん」と返事をして、玲央の後を追う。

それとも、あたしを探しているのかな…………？

玲央を見ると、一斉に道を空けるヤンキー君たち。
あたしは玲央にぴったりとくっついて歩く。
だって、周りの視線が痛いんだもん！

いや、怖いわけじゃないよ？
ヤンキーには慣れてるし。
でも今は、思いっきり「こいつ誰？」って視線がすごい。
あたし、完璧にアウェーだよね……
そんなあたしに気付いてか、玲央が「俺の連れだ」ってみんなに説明してくれた。
玲央に続いて階段を上り、廊下のつきあたりにあるドアの前まで来た。
……きっと、ここは幹部室。
暁の中でも、ごく一部の限られた人間しか入れない。
やっぱり、あたしが入るのは気が引けるなぁ……
「ほら、突っ立ってねぇで入るぞ」
なかなか入ろうとしないあたしの手を引き、玲央が部屋の中に入った。
「や～っと来たか♪　美愛こっちこっち！」
あたしが入ると、天馬がそう言って手招きした。
「どれがいい？」
腕いっぱいにジュースのペットボトルを抱えている天馬。
「えっ、いいの？　じゃあオレンジジュース」
あたしが言うと、天馬は満面の笑みでオレンジジュースのペットボトルを渡してきた。
「美愛ちゃん適当に座って」
叶多がソファーを指差して言った。
言われた通りにソファーに座り、あたしは部屋全体を見回す。
結構広めの部屋で、奥には簡単なキッチンが作り付けられていた。
真ん中に大きなテーブルを挟んでソファーが２つ置かれていて、隅には大きなテレビ。
ちゃっかりゲーム機もあったりする。

まぁ、覇王の方が立派だけど、そこはやっぱり全国と関東の差だよね。
それでもどことなく似てるのは、暴走族同士で通ずるものがあるんだなぁって思う。
「美愛」
不意に玲央があたしを呼んだ。
玲央の方を見ると、すごく真剣な顔。
「何……？」
あたしが聞くと、玲央は静かに口を開いた。
「お前を…………暁姫にしたい」
「なっ!?」
玲央の突然の申し出に、あたしは目を見開いた。
だって、あたしが暁姫なんて……
そんなのありえないっ！
ってか、そもそもあたしが暁姫になんてなってもいいものなのかな……？
暁姫———
その名の通り、暁のお姫様。
つまり、チームが命懸けで守る女の子のこと。
それぞれのチームによって呼び名は異なるし、女を置かないチームもある。
そして大体の場合、その女の子は総長の彼女っていうことが多い。
覇王にも、"華"と呼ばれるそういう女の子がいた。
その子も、総長である魁斗の彼女だった…………
まぁ、だからその"暁姫"っていうのは、チームにとってすごく大切な女の子がなるものであって。
あたしみたいなのがなっちゃダメでしょ？
「何で？　あたし、玲央の女でもないし。それに、チームに女

を置くってことは…………」
「チームが強くなる反面、弱みにもなる、だろ？　んなことわかってんだよ」
あたしの言葉を遮って、玲央が言った。
「暁姫が総長の女じゃなきゃダメとは決まってない。暁姫は、チームを懸けてでも守りたいと思う女の子のこと……俺たちにとっては、それが美愛ちゃんなんだ」
叶多が優しく微笑んだ。
あたしが、みんなにとって守りたいと思う女の子…………
叶多の言葉が、なんだかくすぐったかった。
「だから、お前が暁にいる間は暁姫だ…………椿鬼じゃなくて」
玲央の言葉にあたしは俯く。
何で……何でみんなはそんなに優しいの？
あたしは椿鬼なのに……覇王の四天王だったのに。
「美愛は俺たちが絶対ぇ守る！　だからさ、美愛はもう椿鬼にはなるなよ」
天馬の言葉に、あたしは顔を上げた。
「美愛は今日から暁姫だろ？　椿鬼になる必要なんかねぇんだよ…………俺たちが守るんだからさ！」
天馬がにやりと笑った。
「……ごちゃごちゃうっせぇんだよ。決定事項なんだから、話し合う必要なんてねぇだろ」
今まで黙っていた空夜が、面倒臭そうに口を開く。
「ま、そういうことだ。ってことで、美愛は今日から暁姫な♪」
玲央があたしの頭をくしゃっと撫でた。
みんなも笑顔で頷いていることから、どうやら最初からあたしに拒否権はなかったみたい……
でも、素直に嬉しかった。

みんな、あたしのことを本当に仲間だと言ってくれる…………
「……ありがとう」
あたしは、みんなに一言そう言うのが精一杯だった。

## 叶多side
### TSUBAKI

「……ありがとう」
美愛ちゃんが、俯きながらそう言った。
美愛ちゃんにしてみれば、暁姫になることは相当な覚悟が必要だっただろう。
何しろ、過去に抱えているものが覇王絡みのことなんだから…………
本音を言えば、最初、俺も美愛ちゃんを暁姫にすることにはあまり賛成できなかった。
相手が覇王じゃ、どうあがいても暁に勝ち目はないから。
たとえ美愛ちゃんを守ることができたとしても、それで暁が潰されたんじゃ元も子もなくなってしまう。
……それに、美愛ちゃんはあの"椿鬼"なのだ。
最初にそれを知った時は、俺は開いた口が塞がらなかった。
覇王の四天王の一人、椿鬼―――
椿の花のように美しい容姿を持ち、その強さはまるで鬼のよう。
喧嘩の相手は血塗れ、少女も返り血を浴びて、辺りは真っ赤だった。
深夜の闇に浮かび上がる真っ赤に染まった少女が、まるで赤く美しく咲き誇る椿の花のように見えたらしい……
それらのことから、いつしか"椿鬼"と呼ばれ、恐れられるようになった少女。
そんな噂の少女が、美愛ちゃんだなんて……

俺たちも噂には聞いていたが、実際に椿鬼に会ったことはなかった。
まぁ、全国トップの覇王の幹部なんて滅多に見かけないのが普通だろうけど。
美愛ちゃんが初めて生徒会室に来た日。
美愛ちゃんが出ていった直後、空夜がハッキングをして美愛ちゃんについて調べ上げた。
そして、俺たちは知ったんだ。
美愛ちゃんが、椿鬼だということを……
もちろん、最初はそんなこと信じられなかった。
いくら空夜の情報が正確だとわかっていても、あんな華奢な身体の、か弱そうな女の子が喧嘩なんてできるわけない、と。
そう思っていた。
しかしその時、俺たちの元に信じられない情報が入ってきたんだ。

＊＊＊

「羅利の構成員18人がやられましたッ」
そう言って、慌てた様子で生徒会室に飛び込んできた暁の構成員。
その言葉に、俺たちは耳を疑った。
羅利が18人も？
直ぐ様、誰がやったのかを聞くと、俺たちは更に目を見開いた。
「やったのは、最近転校して来たばかりの、神崎美愛という女らしいです」
全員が言葉を失った。
たった今、ここにいた美愛ちゃんが？
信じられない…………

でもこれで、美愛ちゃんが椿鬼であることを信じざるをえなくなった。
椿鬼ほどの実力者なら、羅刹の下っぱを18人くらい、訳ないだろう。
それと同時に、何故椿鬼がこの学校に転校して来たのかという疑問が浮かぶ。
何故、わざわざ俺たち暁の幹部がいる桜風学園に…………？
俺たちと関わりたくないなら、最初からこんな学校に転校しなければ良かったんじゃないのか？
それとも、覇王が何か企んでいるのか……
その疑問を伝えると、空夜は早速調べ始めてくれた。
「は？　……どういうことだよッ」
しばらくして、ノートパソコンと向き合っていた空夜が声を上げた。
「どうした!?　何かわかったか？」
普段冷静な空夜が珍しく慌てていたため、俺たちは何事かと空夜に近づく。
「椿鬼が四天王抜けたって……しかも、覇王を裏切って………」
「何っ!?　そんな話聞いたことねぇぞ」
玲央が声を荒げた。
俺も、混乱して頭が回らない。
確かに、そんな話は初耳だ。
普通その手の情報は、いち早く伝わるはずなのに。
「あんまり調べても出てこなかったんで、かなりヤバいとこまで行って探ったんだよ……
覇王は今必死になって椿鬼を探してるらしい」
空夜が眉間にシワを寄せながら言った。
……つまり、美愛ちゃんは今覇王から逃げているということに

なる。
しかも、仲間を裏切って…………
ということは、椿鬼がこの学校に来た理由は、覇王から逃げるため…………？
「……なぁ、美愛を暁に入れないか？」
突然の玲央の言葉に、俺たち三人は目を見開く。
「お前、正気か？」
空夜が聞くと、玲央は大きく頷いた。
「俺、あいつのことほっとけねぇんだわ………多分惚れたんだと思う」
真剣な表情でゆっくりと想いを言葉にする玲央。
今まで特定の女を作らなかった玲央がここまで言うんだから、かなり本気なんだろう。
しかし、俺はやはり椿鬼と関わることには賛成できなかった。
「確かに美愛は可愛いし、俺だって好きだけど……
でも、チームが危険になるなら俺は反対だ」
天馬が唇を噛み締めながら呟いた。
そう、俺たち幹部はチームを守らなければならないという責任がある。
私情だけで行動することは許されないのだ。
「わかってる……でも、あいつを救いたい」
肩を震わせながら言う玲央。
それは暁の総長の顔ではなく、一人の男の顔だった。
「……てめぇ暁の頭なんだよ！　今まで、みんなお前を信じてついてきたんだ！　そいつらを裏切るつもりか!?」
空夜が声を荒げながら、玲央に掴みかかった。
「おい、空夜やめろ！」
俺と天馬の二人がかりで空夜を止める。
「悪い……だったら俺はチームを抜ける。

抜けてでも美愛を助けたいんだ」
そう言った玲央の目は真剣だった。
多分玲央は、本気でチームを抜けるつもりでいる…………
俺はそんな気がした。
「じゃあ抜けろよ！
てめぇみたいな奴、暁にはいらねぇよ！」
空夜が吐き捨てるように言った。
「空夜、それは極論だ。
玲央も冷静になれよ」
俺が言うが、部屋の中は一気に険悪ムード。
天馬は頭を抱えながら「どうすりゃいいんだよ」と唸っている。
「…………わかった」
不意に玲央がそう言うと、ドアの方へと歩き出した。
嘘だろ…………？
「ちょ、玲央本気で抜ける気か!?」
天馬が慌てて止めようとした時、空夜が先に動いた。
────バキッ
人の殴られる音と共に、玲央がドアの方まで吹っ飛ぶ。
「お前はいつまで格好つけてんだよ！」
倒れている玲央に向かって、空夜が怒鳴った。
「何でいつも一人で解決しようとすんだよ？
そんなに俺たちが頼りねぇかよ……」
驚いて目を見開く玲央に、空夜は唇を噛み締めながら続けた。
「何でもっと俺たちを頼らない？
……そんなに俺たちは信用できねぇか？」
「いや、そんなこと…………悪い」
玲央が目を伏せながら謝った。
「そうだよな。俺、みんなに迷惑掛けたくないと思って、いつも一人で色々やってたわ……」

自嘲気味に笑って、そう続ける玲央。
「でも、逆にお前らを傷つけてたんだな……
ホントに悪かった…………」
玲央のその言葉に、そっぽを向く空夜。
「俺はお前らを信じてる…………
だから美愛のこと、協力してほしい……頼む」
玲央が俺たちに頭を下げて言った。
俺の答えは、もう決まっている。
確かに、危険が伴うのは確実だろうけれど……
「……俺は今まで、玲央を信じてきた。
だから、今回も信じるよ」
俺が言うと、ガバッと頭を上げた玲央が目を見開いた。
「ま、今まで玲央の判断が間違ってたことねーし。
それに、何かあったらこの天馬様が覇王をぶちのめしてやろ……
…ぐふっ」
天馬の言葉は、空夜のパンチによって遮られた。
「……最初からそう言え」
最後に、空夜がにやりと笑って言った。
「みんな……ありがとう」
唇を噛み締めながら、肩を震わせる玲央。
感動的なムードになってきた時…………
「く、空夜……てめえよくも…………」
……床に伸びていた天馬がもぞもぞと起き上がり、雰囲気をぶち壊した。
「天馬、もう一発食らうか？」
「……全力で遠慮します」
空夜の殺気に負け、しゅんと小さくなる天馬。
いつのまにか、俺たちの間にはいつもの空気が戻っていた。
「で、どうやって椿鬼を守るつもりだ？」

一段落ついてから、空夜が玲央に問いかける。
「あぁ、そのことなんだが…………美愛を暁姫にしようと思う」
「「「!?」」」
その言葉に、俺たちは驚いて固まった。
先代が引退してから、俺たちの代では一度も暁姫を置いたことはない。
「っつーことは、美愛を彼女にすんのかよ!?」
慌てながら玲央に聞く天馬。
額からは、冷や汗がダラダラと出ている……まったく、どれだけ焦っているんだか。
「いや、俺の女にはしない」
「だけど……そんなこと前例がない」
俺が言うと、玲央は少し笑いながら「別にだからって決まってるわけじゃねぇだろ」と答えた。
「んーよくわかんねぇけど、美愛が玲央のもんになんなきゃ別にいーや♪」
単純な天馬は、玲央の言葉に安心したのか一人で頷いている。
「……ま、そっちの方が何かと都合が良い」
空夜が言い、そして俺も頷いた。
チームを動かすとなると、ちゃんとした理由が必要になる。
美愛ちゃんを暁姫にすれば、守るための正当な理由になるから俺たちとしては都合が良いかもしれない…………
こうして俺たち暁は、美愛ちゃんを暁姫としてチームで守ることにしたんだ────

# 体育祭
## TSUBAKI

「ふあぁぁ……眠い」
あたしは大きな欠伸をした。
ただ今、金曜日の６限のLHR中。
早く帰りたいなぁ……
「…………そういうわけで、これから各種目の選手決めをする。体育委員は出て来い」
そう言って、香川が黒板に種目を書き始めた。
今、あたしたちは来週に行われる体育祭の選手決めをしている。
ヤンキー校でも、ちゃんと行事はやるんだね。
「先生、女子の体育委員は先週辞めましたー」
クラスの誰かが、そう叫んだ。
「んだと？　俺の許可なしで委員会勝手に辞めたのか……？」
香川のオーラが真っ黒になっていく。
「ち、違います！　学校を辞めたんです！」
「…………そうか」
生徒の言葉に、若干間を置いてから答えた香川。
学校ってそんなに簡単に辞めてもいいものなの？
ってか、担任なんだから自分のクラスの生徒のことくらい、把握しとこうよ…………
「じゃ、代わりに体育委員やってくれる女子いるか？」
香川の言葉に、しーんと静まり返る教室。
そりゃそうだ。

そんな面倒臭いこと、進んでやる人なんていないよね。
―――カチン
あわわわわ!!!
今、香川と目合っちゃった⁉
ヤバい！　って思って俯いたけど、時既に遅し。
「お～神崎、やってくれるのか？」
香川の言葉に、あたしはブルンブルンと首を横に振る。
けど…………
「そうか、やってくれるのか」
せ、先生……殺気がヤバいです…………
「……美愛、諦めろ」
後ろの席から、玲央があたしを哀れむように囁いた。
あ、諦めろって…………冗談じゃない！
見捨てるなんてひどくない？
「じゃ、神崎で決定で良いか？」
香川の言葉に、一斉に起こる拍手。
いつもはやる気ないくせに、こういう時だけは団結してるよね、このクラス……
「よし、じゃあ次は種目決めんぞー」
その後の話は、ほとんど聞いてなかった。
体育委員になってしまったショックで、何も耳に入ってこない。
何か、嫌な予感がするなぁ。
体育祭、無事に終わってくれると良いんだけど……
そんなことを思いながら、あたしはボケーっと窓の外を見ていた。

＊＊＊

帰りのHRが終わってから、あたしは香川に呼び出されていた

ため職員室に向かった。
もちろん一人じゃなくて、玲央がついて来てくれたんだけど。
「じゃあ、俺は生徒会室にいるから、終わったら来いよ？
……場所を香川に聞いてから来い」
職員室前まで来ると、玲央はそう言って生徒会室へと向かって行った。
なんかあたし、だいぶ心配されてるなぁ。
まぁ反論なんてできない程の方向音痴(ほうこうおんち)ってことは自覚してるし、仕方ないか……
　　　　───コンコン
「失礼します……」
あたしはドアをノックして、職員室の中に入った。
キョロキョロと見回すと、奥のデスクでタバコを吸っている香川を発見。
あたしは香川の元へ一直線に向かった。
「ちょっと先生、何であたしが体育委員なんですか!?」
あたしは、何の前置きもなく香川に殺気を放ちながら言う。
「あ？　お前がやりたそうな顔してたからだよ」
香川が面倒臭そうに言うけど、断じて否定します。
絶対あたしはそんな顔してなかった！
むしろ、やりたくないオーラ出してたのに……
「ところでお前、暁姫になったんだって？」
あたしが睨(にら)んでると、香川はにやりと笑いながら言った。
「えっ、何で知ってるんですか!?」
あたしは睨んでいた目を見開く。
「あー……凰河たちから聞いてたんだよ。お前を暁姫として守る、ってな」
悪い奴らじゃないって言ったろ？　と香川は笑った。
あたしは、そんな香川の言葉に俯く。

67

確かに、玲央たちはすごく良い人だちだ。
……でも、だからこそあたしのせいで危険に巻き込むようなことはしたくない。
「あたし、正直まだ迷ってます。
みんなと一緒にいても良いのかどうか……」
あたしは俯いたまま、小さく呟いた。
あの時は、みんながあたしを受け入れてくれたことが嬉しくて、暁姫になるって言ってしまったけれど……
これから、みんなにはたくさん迷惑を掛けるかもしれない。
暁姫ということが覇王にバレて、覇王が暁を潰しに来るかもしれない。
もしそんなことになったら……
「何故お前が悩む必要がある？」
俯いてるあたしに、香川が優しく口を開いた。
「これはあいつらが決めたことだ。仮に何かあったとしても、それはお前のせいじゃない」
香川があたしの頭をくしゃっと撫でる。
「お前が責任感じる必要なんかねぇ……だから、あいつらの前では笑っといてやれ」
香川の言葉が、あたしの胸に響く。
香川の笑顔に、あたしもつられて自然と笑顔になれた。
そうだ、今はみんなを信じよう。
今のあたしは、椿鬼じゃなくて暁姫なんだから……
「先生、あたし頑張ります。暁姫として、みんなと笑えるように……」
あたしが顔を上げて言うと、香川は目を細めて笑った。
「おう、頑張れよ…………ついでに体育委員もな」
…………ありえない‼
誰のせいで、あたしが体育委員をやる羽目になったと思ってん

のよ！
あたしが怒って職員室を出ようとした時、不意に香川があたしの腕をつかんで自分の方へと引き寄せた。
「…………羅利には気を付けろ」
あたしの耳元で、聞こえるか聞こえないかの声でそう囁く香川。
「えっ……？」
あたしは驚いて聞き返す。
けれど……
「……それと、明日から毎日放課後に体育委員の集まりあるから」
いきなり話題を変えた香川。
羅利に気を付けろって、どういうことだったんだろう…………？
っていうか。
「はいいいぃ!?」
放課後!?　毎日!?
そんなの聞いてないし！
「んじゃ、頑張れよ〜」
手をヒラヒラと振りながら、香川がにやりと笑った。
この、鬼畜ドS教師!!
「失礼しました！」
あたしは職員室のドアを思いっきり閉めて、廊下に出た。
そして、ここで重大なミスに気付く。
「生徒会室の場所……」
最悪。
香川に聞くの忘れちゃったよ……
今さら戻って香川に聞くのは嫌だしなぁ。
仕方なく、あたしはポケットからケータイを取り出して玲央に電話を掛ける。

……この前玲央に連絡先聞いておいてよかった。
簡単に事情を話し、あたしは玲央に迎えに来てもらうことにした。
はぁ、早いとこ学校の構造覚えなくちゃなぁ…………
そんなことを考えながら、職員室前で待つこと数分。
「お前バカかよ」って笑いながら玲央が来てくれた。
それから生徒会室に寄ってみんなと軽く談笑した後、玲央にバイクで家まで送ってもらった。
あたしは遠慮したんだけど、これからは学校の送り迎えは玲央がしてくれるらしい。
まぁ、一応あたし暁姫だもんね。
「あっ、玲央！　あたし明日から放課後体育委員の集まりがあるの」
あたしはふと香川の言葉を思い出し、後ろから玲央に叫んだ。
玲央にバイクで送ってもらっている途中、
「あ？　ったく面倒臭ぇもんになりやがって……いいよ、終わるまで待っててやる」
玲央がそう言ってくれたけど、あたしだってなりたくてなった訳じゃないし！
ってか、玲央を待たせるのはさすがに少し気が引けるな……
「えっいいよ、何時に終わるかわかんないし……それにあたしなら大丈夫！」
「ダーメ、ちゃんと終わったら連絡すること……いいな？」
有無を言わせない玲央の言葉に、あたしは渋々「はーい……」と返事をした。
何か、暁姫になってからあたしの自由が奪われている気がするのは、気のせいだろうか……？
いざとなれば、自分の身くらい自分で守れるのに。
歴代の暁姫でこんなに強かったのって、あたしくらいじゃな

い？
そう思って玲央に聞いてみたら、「過去にもっと強ぇのがいた」と苦笑いしながら玲央が言っていた。
あたしよりも強い暁姫？
なんか、会ってみたいかも…………

＊＊＊

翌日、帰りのHRが終わると、一人の男子があたしのところへやって来た。
「神崎さん！　俺、男子の体育委員の清水理人。これからよろしくね♪」
そう言って爽やかスマイルを向けてくるイケメン君。
玲央ほどじゃないけれど、かなり整った顔立ちをしてる。
「あ、よろしくね！」
あたしが挨拶を返すと、清水君は「じゃ、行こっか」と言って歩き出した。
そう、あたしたちはこれから、例の体育委員の集まりに行かなきゃいけないんだよね…………
「あっ、玲央！　あたし行って来るから！」
教室を出る時玲央に声を掛けると、「おー、頑張ってな」と言って見送られた。
あぁ、面倒臭い。
何であたしがこんなことを…………？
これもみんな香川のせいだ！
香川はあたしに恨みでもあるのかな？
「ねぇ、神崎さん？」
あたしが一人で考えていると、不意に前を歩いている清水君に声を掛けられた。

「えっ、あ、清水君どうしたの？」
あたしが聞くと、清水君は「理人でいいよ」と笑いながら言った。
「ね、美愛って呼んでいい？」
「え……うん、別にいいよ」
あたしが言うと、嬉しそうに笑う理人。
「美愛ってさ、鳳河たちと仲良いよね」
理人があたしの方に振り返って言った。
いきなり玲央の名前を出されて、あたしの心臓が飛び跳ねる。
「えっ、そうかな？」
「うん、そうだよ。……鳳河って普段は女と関わらないのにさ」
そう言った理人のオーラが、一瞬変わった気がした。
「ぐ、偶然だよ！　……ほら、あたし転校してきたばっかりだから、珍しがってるだけじゃない？」
必死に弁解するあたし。
いくら理人が関係ない人間でも、暁姫のことは知られたくない。
理人を信用してないわけじゃないけど、どこから羅利や覇王に情報が洩れるかわからないから……
「ふーん、そっか……俺はてっきり美愛が"特別"なのかと思ったけど」
何か……何か変な感じ。
さっきのオーラもそうだけど、理人は何か知ってるの？
理人はただの一般生徒？
暁姫のことを知ってて言ってるの？
理人の意味深な言葉に、あたしは混乱した。
「ほら美愛、早くしないと遅刻しちゃうよ！」
急にくるりと振り向いて、笑顔でそう言いながら走りだす理人。
「あ、うん……」
そんな理人に少し戸惑いながらも、あたしもその後に続いた。

……考えすぎか。
あたし、最近少し敏感になりすぎてるのかもしれない……
そう思い直して、あたしは急いで理人の後を追った。

今思えば、この時のあたしは覇王を抜けたせいで鈍感になりすぎていたんだ。
現役の頃なら、どんな些細（ささい）な危険も察知できていたはずなのに……

＊＊＊

それからは特に問題もなく一週間が過ぎて行った。
理人も、怪しいと思ったのは最初だけであの後からは至って普通だった。
ただ、気になるのは香川が言っていた"羅刹には気を付けろ"ってこと。
何故香川はあたしにそんなことを言ったのか、
香川は何か知ってるのか…………
今のところ羅刹が何か仕掛けては来てないし、そんな様子もない。
香川は一体、何を考えているのかな…………？
「何ぼーっとしてんだよ？」
「ひゃ～、冷たいッ！」
変な奇声を上げ、ソファーから飛び退いたあたし。
玲央の手には、冷蔵庫から取り出したばかりの缶ジュースが握られている。
どうやらあれをあたしの首にひっつけたらしい…………
「あー玲央ダメ！
美愛をいじめて良いのは俺だけなのっ！」

そう言って、あたしにピトッと抱きついて来る天馬。
いや、天馬にもあたしをいじめる権利とかないからね？

昼休み、あたしはいつものように生徒会室に来ていた。
みんなに香川から言われたことを相談しようかと思ったけれど、やめた。
羅利が動いてる様子はないし、みんなに余計な心配は掛けたくないから……
「おいてめぇ、美愛から離れろ！」
そう言って、天馬をあたしから引き剥がす玲央。
「美愛ちゃん、唐揚げ食べる？」
「あ、うん、食べる♪」
天馬が離れた隙に、あたしは叶多の隣に移動した。
「俺は唐揚げじゃなくて、美愛を食べる〜♪」
そう言って、天馬があたしに飛びつこうとしたけれど…………
「ぐぇっ!!!」
見事に空夜によって叩き落とされ、カエルが踏み潰されたような声を出す天馬。
カエルが踏み潰された時の声なんて、聞いたことないけど……
「……俺も唐揚げ食う」
何事もなかったかのように、平然とあたしの隣に腰を下ろす空夜。
"能ある鷹は爪を隠す"
普段面倒臭がりで無口だからって、侮ってはいけない…………
あたしはひそかに、空夜に対して恐怖を抱いた。

＊＊＊

翌日は、雲一つない快晴。

正に体育祭日和（びより）って感じ。
正直、あたしは体育委員としての仕事はほとんどやっていない。
というか、元々仕事なんてなかったと言う方が正しいかな。
こんなヤンキー君たちしかいない学校で、果たして何人の生徒が真面目に委員会の仕事をするだろうか……？
というわけで、先生たちにも特に仕事を言いつけられず、思ったよりも楽だったんだよね。
まぁさすがに今日は、用具の準備とかはあるけれど。
「うっしゃあああぁ!!
今日は天馬様が大活躍するぜっ♪」
あたしの隣では、天馬が訳の分からない雄叫び（おたけび）（遠吠え（とおぼえ）？）を上げている。
……やる気満々だなぁ。
「ねぇ、玲央は何の種目に出るの？」
「リレーと借り物競争」
あたしが聞くと、玲央が面倒臭そうに答えた。
「へぇ……玲央って足速いの？」
あたしの問い掛けに、「あったりめぇだろ」と胸を張る玲央。
……うん、そうだよね。
喧嘩強い時点で、運動神経めちゃくちゃ良さそうだし。
「叶多と空夜は？」
「俺らもリレー出るよ。
あと、俺は障害物レース」
にこにこと笑いながら叶多が答えた。
「……俺はリレーだけ」
空夜も続けて答える。
ってか空夜っていつも眠そうだけど、走れるのかな？
あたしが考えてると、ぶんぶんと手を振りながら自己主張してくる物体が、あたしの視界に入ってきた。

「俺っちはリレーと綱引きと玉入れに出るぞ！　美愛応援してね‼」
聞かれてもないのに、手を振ってる物体、天馬が嬉しそうに言う。
「う、うん……」
天馬の迫力に、若干引き気味に答えるあたし。
ってか綱引きと玉入れって……小学生じゃん。
「美愛は何に出んだ？」
天馬を完全に無視して、玲央があたしに聞いてきた。
「えーっと、あたしは…………あれ、何だっけ？」
あたしの反応に、一斉に噴き出す四人。
「美愛……バカ」
空夜がボソッと呟く。
みんなひどい……
そんなに笑わなくたっていいじゃない。
ってかそれどころじゃない！
体育委員にされたショックで、その後の種目決めの話なんにも聞いてなかった！
あたしって何の種目に決まったんだろう……？
「わかんねぇなら、好きなやつに出ちゃえば？」
勝手な言い分の天馬。
いや、そういうわけにもいかないでしょ……
「んー、後で先生に聞いてみるよ。
じゃあ、あたし用具の準備あるから、後でね」
あたしはそう言って、みんなと別れて体育倉庫に向かった。
全速力で体育倉庫まで走るあたし。
足には結構自信あるから、出るならリレーがいいかも。
そんなことを考えてたら、体育倉庫に着いた。
体育倉庫には既に何人かの生徒が来ていて、カラーコーンやハ

ードルなどを出す作業をしていた。
その中に理人の姿を見つけ、あたしは声を掛ける。
「理人ごめん！　遅くなっちゃった」
「あ、美愛！　気にしないで、俺も今来たとこだから」
にっこりと笑う理人。
うわ、笑顔が爽やかすぎて眩しい!!
「……理人って、絶対モテるでしょ？」
思わずあたしはそんなことを聞いてしまった。
「え、急に何？　……俺、女子にあんまり興味ないし」
苦笑しながら答える理人。
「あ、でも美愛には興味あるかな…………？」
付け足すように言った理人の言葉に、あたしは慌てる。
「ちょ、何⁉　冗談とかやめてよ！」
「冗談じゃないんだけどね」
急に真面目な顔になる理人。
いやー、こういう場合どんな反応すれば良いのか……
「ほら美愛、早く運んじゃおうよ！」
あたしが悩んでると、理人はパッと笑顔に戻って言った。
「う、うん！」
あたしは慌てて返事をして、理人に続いて倉庫から用具を運び始めた。
……理人の心が読めない。
何を考えているのかも、その表情から読み取ることはできなかった。
真剣な顔をしたかと思えば急に笑顔になったり、何かを知っているのかと思えば知らない素振りを見せたり……
一体どれが本当の理人なの？
あるいは全て偽物…………？
あたしにはわからなかった。

『玉入れに出る人は、そろそろ時間なんで集合してくださーい』
あたしがカラーコーンを運んでると、そんなアナウンスが聞こえてきた。
玉入れって、確か天馬が出るんだよね。
ってかアナウンス適当すぎでしょ……
「理人、これで最後?」
あたしは持っていたカラーコーンを並べて、理人に聞いた。
「うん、終わりだね。じゃ、後は俺たちは当分仕事ないし、競技見に行こっか」
理人の言葉に頷き、あたしたちはギャラリーの生徒の輪に混ざった。
玉入れの籠は、竹竿二本をガムテープで繋げ、その先にバケツをくっつけたというかなりガサツなもの。
高さはめちゃくちゃ高くて、ちょっと投げたくらいじゃ届かない。
そりゃ、男子高生が参加するのに小学生が使うような低い籠じゃ、つまんないもんね……
「あ、天馬いた!」
多くの生徒の中で、天馬は簡単に見つかった。
だって周りはみんなやる気なさそうなのに、一人張り切って両手一杯に玉を抱えている天馬は、嫌でも目立つ。
ってか合図の前に玉拾ってても良いのかな?
————パアンッッ
開始のピストルが鳴ると、一斉にバケツ目がけて玉が宙を舞う。
「ぐぉりゃあああぁ!!!!!」
天馬は一人奇声を発しながら、適当に玉を投げまくっていた。
…………うん、全然入ってない。

たくさん投げているはずなのに、一個も入らないなんてある意味一種の才能だ。
そのまま終了のピストルが鳴り、結局玉を入れることができなかった天馬。
後で慰めてあげようかな……
「あ、そういえば理人は何に出るの？」
あたしはふと隣の理人に聞いた。
「え、俺出ないよ？　ってか体育委員は出なくても良いって先生が言ってたし♪」
「うそ!?　そうなの？」
理人の言葉に驚くあたし。
先生の話とか全然聞いてなかったわ……
「あ、もしかして美愛何か出たかった？」
理人に聞かれ、首を横に振るあたし。
「ううん、全然！　面倒臭いし」
ホントはちょっとリレーに出たかったけど、それは言わないでおこう……
「あ、次リレーだね」
理人の言葉でグラウンドを見ると、バトンを持った生徒がスタート位置についていた。
「うわ、叶多トップバッターだ！」
うちのクラスを見ると、叶多がバトンを持っていた。
ってか女の子の声援が半端ないなぁ。
さっきから周りがキャーキャーうるさい……
よく聞くと、叶多だけじゃなくて玲央や空夜、天馬を呼ぶ声も聞こえる。
やっぱり暁って人気なんだ……ま、みんな美形だしね。
―――パアンッッ
スタートのピストルの音と同時に飛び出したのは、きれいな銀

髪————叶多だ。
その速さは圧倒的で、他の生徒を一気に引き離した。
そして、バトンは二番手の空夜に渡る。
「うそ……あれが空夜⁉」
いつもの眠そうな姿からは想像もできないくらい俊敏な空夜。
……やっぱり、能ある鷹って爪を隠しているらしい。
そして空夜はさらに二位との差を広げ、天馬にバトンを渡した。
バトンを受け取った天馬は、めちゃくちゃ張り切りながら走り出す。
なんか……足が絡まりそうだなぁ。
嫌な予感がして天馬を見ていると…………
————ズデーン
……天馬はあたしの期待を裏切らなかった。
まるで漫画のように盛大にコケた天馬。
会場が一気にしらけちゃった……
せっかく叶多と空夜がリードしてくれてたのに、次々と抜かされていく天馬。
あぁ、本当に天馬が不憫に思えてくる……
一向に起きない天馬に、思わずあたしは声の限り叫んだ。
「天馬ぁ‼　走れぇ‼‼」
その途端、パッと起き上がり走り出す天馬。
両膝を擦り剥いてて、しかも鼻血ブー。
お世辞にも格好良いとは言えないかも……
それでも天馬は必死に走りぬき次の走者にバトンを渡すと、力尽きてパタリと倒れた。
今日の天馬って、いつにも増して気持ちだけが空回りしてるような……
それから何人かのクラスメートがバトンを繋げていくも、やっぱり天馬のミスは痛かった。

一位だったのが一気に五位……天馬落ち込んでるだろうなぁ。
そして次々とバトンがアンカーに渡る。
うちのクラスのアンカーは玲央。
玲央はバトンを受け取ると、物凄い追い上げを見せた。
「玲央速っ‼」
予想はしてたけど、こんなに速いなんて……
玲央は次々と他の選手を抜かし、二位にまで追い上げた。
玲央の追い上げに比例して、女の子たちの声援もヒートアップ。
声援というよりむしろ叫び声だよね……
しかし玲央はそんなことお構いなしに一位の選手を抜かそうとするも、さすがアンカーだけあって、そう簡単には抜かせない。
結局あと一歩のところで、抜かせないままゴールした。
惜しかったけれど、やっぱり玲央は格好良かったなぁ。
女の子たちが夢中になるの、わかる気がする……
「あっ！」
あたしが玲央たちのところに行こうかと思った時、理人が小さく声を上げた。
「え、理人どうしたの⁉」
あたしが聞くと、申し訳なさそうな顔をする理人。
「さっき先生に、木工室に置いてあるビブスを取りに来いって言われてたんだよね……」
忘れてた、と理人が頭を掻いた。
「えぇ！　じゃあ早く取りに行こうよ！」
あたしが言うと、理人はごめんね、と言いながら歩きだした。

————ガラガラガラ
木工室に着いたあたしたちは、ドアを開けて中に入る。
「えっと、ビブス……あれ？」
教室を見回しても、ビブスらしきものはどこにも置いてない。

「理人～ビブスなんてないよ？」
あたしは後ろにいる理人に向かって言った。
「うん、知ってる」
「……は？」
予想外の理人の言葉に、驚いて振り返るあたし。
でも、そこにはいつもの雰囲気とは全く違う理人がいた。
その雰囲気に、あたしは直感する。
―――理人は危険だ、と。
「理人……どういうこと？」
あたしは少し殺気を出しながら理人に聞いた。
「いや～、思ったよりも簡単について来てくれて助かったよ♪」
クスクスと笑いながら答える理人。
あたしはそんな理人を睨み付けた。
「何のために？　……あなたは何者？」
「俺は羅刹の幹部だよ。美愛をここに連れて来た理由は……」
そこで理人は言葉を切り、パチンと指を鳴らした。
すると、開いているドアから十数人の男たちが入って来る。
「……美愛って、暁姫らしいね？」
理人が楽しそうに笑った。
…………なるほどね。
「あたしを人質にして、暁を潰そうってわけ？」
あたしが言うと、理人は「ご名答」と言って拍手した。
「あ、助けを呼んでも無駄だよ？　まぁ大声で叫んだとしても、誰も来ないけどね」
理人が手をヒラヒラさせながら言う。
理人は最初から今日を狙っていたのか……
確かにあれだけグラウンドで盛り上がってたら、校舎になんて誰も来ないだろう。

82　椿鬼―イケメン総長に愛された最強姫―

ましてや、ここは普段もあまり使われることのない木工室だし…………
外部からの助けは望めない。
玲央たちだって、まさかあたしがこんなところにいるなんて思わないだろうし。
「美愛ってさ、喧嘩強いみたいだね？」
理人の言葉に、あたしはギクリとする。
あたしが椿鬼だってバレてる……？
「こないだはうちの雑魚(ざこ)どもがやられちゃったみたいだけど、今回はそうはいかないかもよ～？」
あたしの顔を見ながら、にやりと笑う理人。
……たぶん、バレてないかも。
あたしが椿鬼だって知ってたら、もっと大勢でかかって来るはず。
椿鬼の通り名は、伊達(だて)じゃないんだよ？
「怪我したくなかったら、おとなしく俺について来てよ」
理人が言った。
理人があたしのことに気付いてないのは、好都合だけど。
でもここでこいつらを全員倒しちゃったら、さすがにあたしが椿鬼だってバレてしまいそうだし…………
……下手に動けないな。
「……まさか、あんたが羅利だったなんてね」
あたしが言うと、理人は可笑(おか)しそうに笑った。
「あはは、美愛って鈍感だよね～。俺、てっきりもうバレてると思ってたのにさぁ」
……そう、もっと早くに気付くべきだった。
理人を疑う要素は、いくらでもあったはずなのに…………
「ま、しょうがないか。たぶん俺が羅利ってこと、凪河たちも知らないと思うよ？」

83

「それは、あんたが影薄いってことかな?」
あたしが嘲笑いながら言うと、理人は目を細めた。
「美愛って、面白いよね。……だから俺、君に興味あるんだぁ」
理人はそう言って、あたしに近づいて来た。
「風河なんかやめて、俺の女にならない?」
理人がにやりと笑う。
あたしがそれに言い返そうとした時、教室のドアが開き、二人の男が入って来た。
「おいおい理人、何勝手に自分のにしようとしてんの?」
「拉致したら俺に寄越せっつったろ」
二人の男に言われ、理人は残念そうにあたしから離れた。
「美愛は朔也にはもったいないのになぁ」
そう言って口を尖らせる理人。
「あ? どーゆう意味だ?」
二人の内、紫髪の方の男がガンを飛ばした。
「……西島朔也」
あたしがふと呟くと、理人が「へぇ、知ってんだ」と笑った。
「あたし一人に、羅刹の総長まで出てきちゃうんだ〜」
あたしは思いっきり嫌味を込めて言う。
総長直々に出て来るなんて、大分羅刹も本気みたいだな……
「ま、一年に一度あるかないかのチャンスですから♪」
もう一人の、オレンジの髪の男が言った。
こいつも確か羅刹の幹部……名前は知らないけど。
ってか、女を人質に取ろうとするなんて、さすが羅刹だよね。
まぁ、まともに戦ったって羅刹が暁に勝てる訳がないんだけど。
でも、たとえ向こうがチャンスだとしても……
「悪いけど、あたしも簡単に捕まるわけにはいかないんだよね〜」

あたしはそう言って、近くに落ちていた木材を手に取って構えた。
「へぇ、この人数相手に一人で戦う気？　しかも、俺ら幹部もいるのに……」
馬鹿(ばか)にしたかのように笑う理人。
……確かに、この人数に一人でなんて"普通なら"無謀かもしれない。
……でもね、あたしは椿鬼だよ？
覇王の四天王とまで呼ばれていたあたしが、こんな格下相手に負けるわけないじゃない。
「ったく、可愛くねぇ女。……とっとと連れてくぞ」
朔也はそう言って、あたしに向かって走り出した。
それを合図に、次々と周りの男たちもあたしに襲いかかってくる。
「クスッ……楽しませてよね？」
あたしに向けられる、無数の殺気……その感覚に、思わず口角(こうかく)があがるあたし。
はやくやり合いたくてうずうずしながら、あたしは応戦の体勢に入った。
相手の攻撃を軽々とかわし、持っている木材で相手を打っていく。
「てめぇ!!　調子乗んじゃねぇぞ!!!」
キレた朔也が警棒を取出し、あたしに殴(なぐ)りかかってきた。
————ドカッ
「うぐ……くはっっ…………」
あたしが警棒をかわし朔也のボディにパンチを入れると、朔也は体を二つに折って倒れた。
「ははは、羅利の総長ってこんなもんなわけ？」
その姿を見ながら、あたしは馬鹿にしたように笑う。

85

そして笑いながら、傍にいる男たちを手当たり次第に殴っていった。
「ぐあぁぁぁ‼」
相手の顔面を殴る。
殴って殴って殴って殴って…………
もう止まらない。
もう止められない……
こうなったら、自分でも止めることはできない。
……昔からそうだった。
相手の血で自分も真っ赤に染まるくらい、相手を殴り続ける。
そう、だからあたしは"椿鬼"と呼ばれるようになったの。
椿の花のように真っ赤で、まるで鬼のように残酷な"椿鬼"……
覇王の総長の魁斗でさえ、あたしのその姿に一瞬怯んだ。
誰もから恐れられるあたし……
もう、止まらないよ?
「お、おい……それ以上やったら、死んじまうぞ‼」
殴り続けるあたしを見て、理人が叫んだ。
ふーん……別に良いんじゃない?
「クスッ……さっきの威勢の良さはどうしたの?」
あたしは理人の方に視線を向ける。
あたしに見据えられ、何も言えずに固まる理人。
その瞳には、恐怖と軽蔑の色が浮かんでいた。
あはっ、馬っ鹿みたい。
「おい……こいつ、椿鬼だ…………」
誰か、が呟いた。
途端に悲鳴を上げながら逃げ出す男たち。
「あらら、みんな逃げちゃった」
あたしはため息をつきながら、床に倒れている朔也を見た。

「くそ……椿鬼になんて勝てる訳ねぇ……」
理人は悔しそうにそう言い残すと、教室から走り去って行った。
「あはは、みーんなに見捨てられちゃったね、総長さん♪」
あたしが笑いながら朔也に言うと、朔也は悔しそうに起き上がって理人の後を追った。
「あーあ、疲れた……」
誰もいなくなった木工室で、あたしは一人呟いた。
床にはたくさんの血が飛び散っている。
「……魁斗に、あたしがここにいることがバレちゃうなぁ」
あたしはそう呟きながら、教室を出ようとした…………が、あたしが開けるより先にドアが開いた。
相手の姿を見た瞬間、あたしは固まる。
「れ……お…………？」
ドアの先にいたのは、息を切らした玲央。
その奥には叶多たちもいた。
「美愛……何があった……？」
血塗れのあたしを見た玲央は、目を見開きながら言った。
「……理人が羅刹だった」
一言そう答えるあたし。
「美愛ちゃんが一人でやったの？」
教室に飛び散る血の跡を見ながら、険しい顔で聞く叶多。
その言葉に、あたしはゆっくりと頷いた。
……ああ、みんなあたしが怖くなったかな？
こんな血塗れのあたしは、もう暁姫としてなんて守りたくない……？
ほら、天馬も空夜も固まってる。
やっぱりあたしは、暁姫になるべきじゃなかったんだ。
こうなることなんて、最初からわかってたことじゃない。
こんな化け物みたいなあたしは────椿鬼は、覇王にしか居

場所はなかったんだ。
でも、その唯一の居場所をあたしは自分自身で壊した。
もうあたしに居場所なんて…………
「ッ!?」
その時不意に引き寄せられ、気付けばあたしは玲央の腕の中にいた。
「玲央……何で?」
あたしは戸惑いながら聞いた。
「美愛……ごめんな」
あたしをきつく抱き締めながら、そう呟く玲央。
何で……何で玲央が謝るの?
訳がわからないあたしは混乱する。
「俺、美愛のこと守るって言ったのに……なのに守れなかった……」
玲央の言葉に、あたしは目を見開いた。
……どうしてそんなことが言えるの?
あたしは、こんなに血塗れで汚いのに。
あたしを守る価値なんてないのに……
「玲央が謝る必要なんてないよ?　悪いのはあたしだから……だから、あたしはやっぱり暁姫にはなれない」
あたしが俯きながら言うと、玲央は乱暴にあたしの肩を掴んだ。
「そんなこと言うな!　絶対俺がお前を守るから!!　次は必ず守ってみせるから!!　だから、頼むからそんなこと言うなよ……」
あたしの目を見ながら、肩を震わせる玲央。
周りを見ると、みんな静かに頷いている。
その目はどれも真剣だった。
あぁ、みんなはこんなあたしを受け入れてくれるんだ。
みんなはあたしを"覇王の椿鬼"じゃなくて、"神崎美愛"と

いう一人の女の子として見てくれているんだ…………
「ありがと……あたし、みんなとずっと一緒にいたいよ」
あたしは小さな声で言った。
そう、これがあたしの本当の気持ち。
あたしの居場所は、覇王だけじゃないんだ。

……ねぇ、魁斗？
魁斗はあたしを"仲間"として受け入れてくれた。
ひとりぽっちだったあたしを、温かく迎えてくれた……
あたしはその時、やっと自分の居場所を見つけたと思ったの。
覇王以外に、あたしの居場所はないと……そう思ってた。
……でも、今あたしは暁のみんなと居て、すごく楽しい。
みんなと一緒に居たいって、強く思うの。
ねぇ、魁斗？
魁斗たちにあのことを許してほしいとは言わないから。
だから、どうか暁には手を出さないで……

# 玲央side

「ありがと……あたし、みんなとずっと一緒にいたいよ」
美愛が、小さな声で言った。
やっと聞けた美愛の本音。
美愛が愛おしすぎてたまらない……
俺は、割れ物を扱うようにそっと美愛を抱き締めた。
こうしないと、美愛が消えてしまいそうな気がしたから……

美愛自身は怪我をしてないのに、血塗れの美愛。
教室の中もかなり血が飛び散っていることから、かなりの人数を相手したんだろう。
美愛を守れなかった悔しさで、抱き締める手に力が入る。
美愛……ごめんな…………
きっと美愛は、俺たちが守らなくても自分の身は自分で守れるだろう。
でも、それでは意味がないんだ。
美愛がいくら喧嘩が強くても、美愛自身が怪我をしなくても、美愛の心はたくさん傷つく。
居場所がなくなって、頼れる人がいなくなったら……きっと美愛は壊れてしまう。
だから俺は、美愛を守ると決めたんだ。
もうこんなこと、絶対に起こさせない。
これ以上美愛を傷つけさせない。

だから美愛……
もう一度、俺たちを信じてくれないか？

# 友達
## TSUBAKI

「美愛〜！　俺とデートしよっ♪」
そう言って、天馬があたしにひっついてくる。
「あ〜もう！
だから行かないって言ってるでしょ！」
ハエのように鬱陶しい天馬を、シッシッと手で払うあたし。
あたしはいつものように、暁の溜まり場に来ていた。
何だかんだ言って、あたしは当たり前のように溜まり場を出入りするようになっていた。

あの体育祭の日の事件からもう一ヵ月経つけれど、あれから羅刹は何もしてこない。
理人も、クラスではあたしを避けてるし……
あの後、玲央たちはすぐに羅刹を潰しに行こうとしたけれど、あたしが止めた。
確かにあいつらは汚いやり方で仕掛けてきたし、今までも卑怯なことをたくさんやってきてる。
……でもね？
そんなチームでも、そこの構成員たちにとっては大事な居場所なんだ。
自分がチームを失ってみて……覇王という居場所を失って、改めて居場所を失う辛さを実感した。
その辛さを知っているから……あたしは簡単に羅刹を潰すこと

ができなかった。
だからあたしは玲央たちに、今回は見逃してあげてほしいと頼んだ。
まぁその代わり、次はないんだけど。

話は戻って、溜まり場の場面。
「美愛～デート行こっ！」
追い払われても、懲りることなくしつこくひっついてくる天馬。
暑苦しいことこの上ない……
今は夏だよ？
いくらクーラーがついてるとはいえ、ベトっとくっつかれたら暑いわ。
「だって夏だぞ！　青春だぞ！　デートだぞ！」
天馬が目をキラキラさせながら熱弁しているけど、デートの繋がりがわかんないから……
「天馬、美愛ちゃん嫌がってるだろ？」
露骨に嫌な顔をしてるあたしを見兼ねて、叶多が助け船を出してくれた。
「やーだっ！　だって玲央がいない内にデート行かないと、玲央にぶっ飛ばされるもん!!」
そう言って、ぷくっと頬を膨らませる天馬。
そう、玲央は今、同盟を結んでるチームや傘下のチームの総長同士で次の暴走の打ち合せに行ってて、ここにいないのだ。
その隙を狙って、チャンスと言わんばかりにしつこくあたしに付きまとってくる天馬。
「美愛デート!!!」
あーしつこい!!
痺れを切らしてあたしが天馬に怒鳴ろうとした時、部屋のドアが開いて一人の女の人が入って来た。

「玲央いるー？」
そう言いながら、ズカズカと勝手に部屋に入ってくる女の人。
……この人、めちゃくちゃ美人。
くるくると綺麗に巻かれた栗色の髪に、大きな瞳。
真っ白な肌に、厚い唇、そして抜群のスタイル。
ヤバい、女のあたしでさえ見とれてしまう……
「げぇ、玲奈だ‼」
天馬はその女の人を見た途端、慌ててソファの影に隠れた。
「ちょっと天馬！　あんた人の顔見て何隠れてんのよ！」
玲奈と呼ばれた女の人は、腕を組みながら天馬に文句を言う。
「玲奈さん、どうしたんですか？」
苦笑しながら玲奈に話しかける叶多。
どうやらこの玲奈さんと言う人は、みんなの知り合いらしい……
「ちょ〜っと玲央に頼みたいことがあったんだけど…………ん？」
そう言ってキョロキョロと部屋を見回す玲奈さんと、ばっちり目が合ってしまったあたし。
すると、無言で玲奈さんがあたしに向かって近づいてきた。
えっ、何⁉
あたし、何かした⁉
「あーダメ！　美愛逃げろ‼」
天馬の叫びが聞こえた瞬間、あたしはすっぽりと玲奈さんの腕に収まった。
…………はい？
いまいち状況が掴めないあたし。
何であたし……玲奈さんに抱きつかれてるの？
「きゃーん、何この子！　超可愛いんですけど‼」
キャーキャー言いながらあたしをベタベタと撫で回す玲奈さん。

それを見て、天馬と叶多がため息をついた。
「玲奈さん……美愛ちゃんを放してあげてください」
「そーだそーだ!　今すぐ美愛から離れろ‼」
叶多と天馬の言葉に、渋々とあたしから離れる玲奈さん。
この超絶美人って…………誰?
「美愛ちゃん、この人は玲奈さん。……玲央のお姉さんだよ」
頭にたくさんのハテナマークをうかべているあたしに、叶多が説明してくれた。
…………え?
「うっそおおぉぉ⁉」
信じらんない……玲央ってお姉さんいたの⁉
まぁでも玲央もかなり美形だし、どことなく雰囲気は似ているような……
「美愛、玲奈には気を付けろ!
あいつは可愛いものには手が早いからな」
天馬がコソコソとあたしの耳元で囁いた。
いや、気を付けろって……玲奈さん女だよ?
「はいはーい!　鳳河玲奈、19歳でーす!　よろしくね♪」
玲奈さんがにっこりと微笑んだ。
うわ、悩殺スマイルだぁ……
フェロモン出まくり、お色気プンプン……正に"大人の女性"って感じ。
「か、神崎美愛です!　よ、よろしくお願いします……」
緊張のあまり、噛みまくりのあたし。
恥ずかしー‼
「あら、じゃあこの子が噂のお姫様なんだ～」
玲奈さんはそう言って、あたしをまじまじと見た。
お、お姫様⁉
てか、こんな美人にじろじろ見られるなんて……「よく見たら

95

ブス」とか思われたり……
「うん、玲央なんかにはもったいなすぎるわね」
うんうんと一人頷く玲奈さん。
って、え?
いやいや玲奈さん、むしろ逆だと思いますけど……
「だろ? 玲央にはもったいないよな! やっぱこの天馬様の方が……ぐはあっっ」
「黙れトマト頭! あんたなんか論外よ論外!」
天馬の言葉を遮り、天馬のお腹に強烈なキックを決める玲奈さん。
キックを決められた天馬は、お腹を押さえながら床で悶絶している。
こ、怖っ……
あたしは悶絶する天馬を見ながら、絶対に玲奈さんを怒らせないようにしようと心に決めた。
「空夜、このゴミ処分しといて〜」
床に伸びてしまった天馬を見ながら、玲奈さんが空夜に言った。
「チッ、面倒臭ぇ……」
舌打ちしながら、だるそうにソファから立ち上がる空夜。
「空夜、今何か言った?」
「……何も言ってません」
殺気のこもった玲奈さんの言葉に、空夜が若干引き気味に答える。
そして空夜は、ぐったりしている天馬を引きずって部屋の外に放り出すと、何事もなかったかのようにソファに座り直した。
あのマイペースな空夜も従わせるなんて……恐るべし、玲奈さん。
ってか、天馬の扱い……
「さて、うるさいのもいなくなったことだし……美愛ちゃんメ

アド教えて〜♪」
さっきとは打って変わって、玲奈さんがふんわりと笑いかけてきた。
「あ、はい！」
あたしは鞄からケータイを取出し、画面を操作する。
「…………よしっ♪　じゃ、いつでも連絡してね〜♪」
玲奈さんの言葉に、あたしは笑顔で頷いた。
女の子とメアドを交換したのなんて、久しぶりだなぁ。
こっちに転校してきてからは、女友達なんて一人もできなかったし……
いや、できなかったと言うより、作らなかったと言うほうが正しいか。
あたしに関われば、覇王とも関わることになってしまうから。
……でもやっぱり、女友達って良いなぁ。
「あの、玲奈さん…………ありがとうございます」
あたしがお礼を言うと、玲奈さんは首を傾げた。
「あたし、何か感謝されるようなことした？」
「あ……その、あたしと友達になってくれたから……」
あたしが言うと、玲奈さんは優しく微笑みながらあたしの頭を撫でた。
「……あたしで良ければ、いつでも話聞くからね」
そう言って目を細める玲奈さんは、あたしをすごく安心させてくれた。
その時…………

───ガチャッ
「おい、何で天馬は廊下で寝てるんだ？」
突然ドアを開けて部屋に入ってきたのは、不思議そうな顔をした玲央。

「天馬の奴、俺が間違えて踏ん付けちまっても起きなかったぞ…………って姉貴⁉」
ぶつぶつと文句を言いながらこっちに来た玲央は、あたしの隣に座る玲奈さんを見て声を上げた。
ってか、間違えて踏ん付けたって……一体玲央は、天馬を何と間違えたのだろうか？
「何で姉貴がここにいんだよ？」
玲央が怪訝そうに聞くと、玲奈さんは腕を組みながら「来ちゃ悪い？」と玲央を睨んだ。
「本当は玲央に、今度の週末買い物に付き合ってもらおうと思ったんだけど。……気が変わったわ」
そう言って、にやりと笑う玲奈さん。
「あはは～まさか玲奈さん、代わりに美愛ちゃんを連れて行くとか言いませんよね？」
叶多が顔を引きつらせながら聞くと、「もちろんそのつもりよ？」と、玲奈さんは満面の笑みで答える。
えっ…………あたし？
「買い物に付き合うって…………美愛、絶対断れ！　姉貴との買い物は地獄だぞ」
玲央が、玲奈さんの顔を凝視しながら言った。
え、地獄……？
「ちょっと玲央、変なこと吹き込まないでよ！　美愛ちゃん、行くよね？」
怖いくらいの満面の笑みであたしに迫る玲奈さん。
れ、玲奈さん、顔が「行くって言え」って言ってます……
玲奈さんのプレッシャーに耐え切れず、あたしはブンブンと首を縦に振った。
「よしっ♪　じゃあまた連絡するね～♪」
あたしの返事を聞いた玲奈さんは、満足そうに頷きながらご機

嫌で部屋から出て行った。

「はぁ……ったく、相変わらず強引なんだよ、姉貴は」
玲奈さんが出て行った後を見ながら、玲央が大きなため息をついた。
「あの、地獄って……？」
あたしが恐る恐る聞くと、叶多が苦笑しながら説明してくれた。
「あぁ、玲奈さんの買い物は異常に長いんだよ。……俺が付き合わされた時は、確か９時間歩きっぱなしだったかな？」
く、９時間!?
何かとんでもない約束をしてしまったような……
「美愛、頑張れ」
そう言って、あたしに哀れみの視線を向ける玲央。
玲央には、あたしを助けてくれるって言う選択肢はないのね……
「ま、それはそうと次の暴走の話だが……」
玲央が話し出した時、部屋のドアが勢いよく開き、天馬が入ってきた……って言うより、倒れ込んできた。
「ち、ちくしょう……玲奈の奴、俺の顔面踏み付けて行きやがった！」
そう言って、床をモゾモゾと移動する天馬。
よく見ると、天馬の頬にはハイヒールの跡がくっきり。
「今度会ったらぶっ飛ばしてやる！　……って玲央帰って来てるしぃ!?」
ソファまで辿り着いた天馬は、あたしの隣に座る玲央を見て情けない声を上げた。
「んだよ、帰って来ちゃ悪いのか？」
そう言って、鬱陶しそうに天馬を見る玲央。
一方天馬は、「美愛とのデートが……」と言いながら頭を抱え

99

ている。
「……暴走の話は？」
そんな天馬を無視して、今まで黙っていた空夜が不機嫌そうに言った。
「おぅ……予定通り８月23日だ」
玲央は、タバコに火を点けながら言った。
へぇ、８月23日か……
「それって、何の暴走……？」
よくお盆の時期に大きい暴走をやったりするけど、23日って若干遅くない？
普通、13日から15日くらいが相場だと思うんだけど……
それなのに、何で23日？
……お盆暴走の天敵である帰省ラッシュと、かぶらないようにするためかな？
「あれ、美愛ちゃんに言ってなかったっけ？」
あたしが首を傾げてると、叶多が言った。
「23日は、玲央の誕生日だよ」
あぁ、なるほどね、玲央の誕生日なんだ……って、
「うそっ、そうなの!?」
全然知らなかった……でも、それなら納得。
次の暴走は、玲央の誕生日暴走なんだね。
関東トップのチームの総長ともなれば、誕生日暴走もかなりの規模だろうし。
「ってことで、その日は空けとけよ、美愛？」
玲央があたしの頭をポンと撫でながら言った。
「え、あたしも行って良いの？」
あたしが聞くと、「当たり前」と玲央が笑う。

……嬉しい。

久々の大きい暴走だ。
覇王を抜けて以来、暴走なんてやってないし。
あたしは今から、その暴走に行くのが楽しみで仕方なかった。

## 誕生日暴走

あっという間に時間は過ぎて、誕生日暴走当日。
溜まり場では夜の暴走のために、みんながバイクのお手入れをしてる。
そりゃ、総長の誕生日暴走だから気合いも入るよね。
出発は夜の９時。
途中で他のチームと合流して走るらしい。
ちなみに今回の暴走に参加するのは、同盟を結んでる２チームと、主要な傘下の３チーム、そして暁の計６チーム。
人数は200人ちょっと。
トップクラスのチームの暴走にしてはちょっと少ないけど、まぁあんまりたくさん参加しても、警察とかがうるさいしね。
各チーム、結構人数を絞ってくれたみたいだし。
あ、もちろん暁は全員参加だけど。
「美愛、そのワンピ可愛いじゃん」
玲央があたしのワンピを指差しながら言った。
「あ、これ玲奈さんが買ってくれたの！」
そう答えて、あたしはその場でクルッと一回転して見せる。
淡いピンクの生地で、後ろには大きなリボン。
ギャザーのかかったスカート部分は、レースでふわふわしてる。
これは、この前玲奈さんと買い物に行った時、玲奈さんが買ってくれたもの……というより、無理矢理押しつけられたという

方が正しい。
玲奈さんと買い物に行った日、あたしは結局６時間玲奈さんに付き合わされた。
玲奈さんの買い物も凄かったけど、それ以上に玲奈さんはあたしに色んなものを買ってくれようとするんだもん……
まぁほとんど断ったんだけど、これだけは！　って言われて、仕方なくこのワンピを買ってもらった。
……でも、正直めっちゃ可愛いし嬉（うれ）しかったけどね。
というわけで、あたしは今日このワンピを着て来た。
「おぅ、今日は気合い入るなぁ‼
って美愛めちゃくちゃ可愛い‼！」
勢いよくドアを開けて入って来たのは天馬……
だけど。
「金髪⁉」
あたしは、思わずそう叫（さけ）んでしまった。
だって……昨日まで赤髪だった天馬がいきなり金髪になっているんだもん！
「へへ、似合うだろ？」
へらへらと笑いながら髪の毛をいじる天馬。
似合うだろって……色、玲央とかぶってるし。
「…………あっ」
玲央と天馬を見比べたあたしは、気付いてしまった。
玲央と天馬の髪型は、色だけじゃなく遊ばせ方もすごく似ていた。
……後ろから見たら、見分けがつかないくらいに。
いや、似てるんじゃなくて、天馬がわざと似せたんだ……
「天馬…………今日、影武者やるの？」
あたしが聞くと天馬は一瞬驚いた顔をしたが、すぐに笑顔に戻った。

103

「あ、バレちった？」
いつものようにへらへらと笑う天馬を見て、あたしは俯いた。
天馬が影武者なんて……
そんなの嫌だッ
影武者―――
一言で言えば、暴走時の総長の身代わり。
大規模な暴走をやるときは、多くのチームが必ずと言って良いほど影武者をつくる。
総長を守るために。
チームを守るために。
暴走族を取り締まる警察は、まず総長を捕まえようとする。
総長を捕まえれば、そのチームの統制はとれなくなるから。
頭を失ったチームは、あっけなく崩れてしまう。
それを防ぐために置かれるのが、この"影武者"と呼ばれる人物だ。
影武者は、総長に姿形を似せて暴走に参加する。
そして万が一警察に囲まれたとしても、この影武者が総長の身代わりとなって捕まれば、総長は逃げ延びることができる。
そう、だから影武者はすごく危険な役。
一歩間違えれば、警察に捕まってしまう。
こんな危険なこと、天馬にしてほしくないよ……
あたしが俯いてると、天馬があたしの頭をくしゃっと撫でた。
「ほら、そんな顔すんなよ〜。可愛い顔が台無しだって‼」
おどけたようにそう言った天馬。
「俺はパクられたりしねえよ？」
天馬の言葉に、あたしは顔を上げた。
「ホントに？　ホントに捕まんない？」
あたしが詰め寄ると、天馬はにやりと笑う。
「当ったり前よ♪　俺っちは二輪を転がす天才だぜ？」

自信満々の天馬に、あたしは少し笑った。
「約束だよ？」
あたしがそう言って小指を出すと、「あぁ」と答えて小指を絡めてくる天馬。
天馬と指切りしたら、少しだけあたしの心の不安がとれた気がした。
「じゃ、俺バイクいじってくるわ♪」
指切りをした後、天馬はそう言って部屋から出て行った。
「天馬……」
あたしがふと呟くと、玲央があたしの頭を撫でる。
「……ごめんな」
あたしに謝った玲央。
そうだ、辛いのは玲央も一緒………いや、玲央の方が責任を感じるはず。
だって、もしかしたら自分の代わりに天馬が捕まってしまうかもしれないんだから……
影武者なんて置きたくないって一番思っているのは、玲央だよね。
でも、だからと言って影武者を置かないわけにはいかない。
玲央には、暁の総長として暁を守る義務があるから。
総長という責任は、そんなに軽いものじゃないんだ。
あたしも、今まで魁斗を身近に見てきたからわかる。
総長という地位の重さ。
そして、総長のチームへの想い。
それらが、そんなに生半可なものじゃないってこと……
「玲央？」
あたしはそっと玲央の名前を呼んだ。
「ん、何？」
あたしの目を見ながら答えた玲央。

「……大丈夫だよ」
「え……？」
「天馬は絶対大丈夫だよ‼」
あたしはそう言って、玲央に微笑みかけた。
玲央だけが責任を感じる必要はないんだよ、って気付いてほしくて……
「……あぁ、そうだな」
最初は少し驚いた顔をしたけど、すぐに笑顔になった玲央。
そして玲央は、あたしをぎゅっと抱き締めた。
「なぁ美愛」
あたしを抱き締めたまま、玲央が言った。
「俺さ、お前にマジで惚れてんだわ……」
一方的に話す玲央。
あたしはそれを、黙って聞いていた。
「お前といると、すげー落ち着く。ずっとお前と一緒にいたいって思った。…………だから俺と付き合ってほしい」
玲央からの告白の言葉。
前にも玲央に、似たようなことを言われたことがある。
その時は、曖昧にしか答えられなかったけれど……
でも、今はもう迷いなんてない。
あたしの中に、はっきりとした答えが出てる。
「あたしも、玲央と一緒にいたい……玲央の彼女になりたい‼」
あたしの答えを聞いて、目を見開く玲央。
玲央、あたしはもう迷わない。
自分の気持ちに正直になるよ。
もう過去には縛られない……
あたしは玲央が……暁のみんなが大好きなんだ。
これがあたしの本当の気持ち…………
「美愛……夢じゃないよな？」

そう言って、泣きそうな顔であたしを見つめる玲央。
「夢じゃないよ…………玲央、大好きっ！」
あたしはぎゅっと玲央に抱きついた。
そんなあたしを、優しく抱き締め返してくれる玲央。
「美愛……愛してる」
顔を上げれば、愛おしそうにあたしを見つめる玲央の顔。
その顔がだんだん近づいてきて、あたしはそっと瞳を閉じた。
唇に触れる、やわらかい感触……
甘くとろけるようなキスに、あたしはいつまでも酔い痴れた。
その時…………
―――ガチャッ
「玲央、俺のさらし知ら…………悪い」
ドアを開けた空夜は、あたしたちを見ると部屋に入らずすぐにドアを閉めた。
「く、空夜！」
あたしは慌てて玲央から離れ空夜を呼ぶけど、空夜は戻って来ない。
何か、悪いことしちゃったな……
玲央を見れば、何食わぬ顔でタバコを吸っている。
あたしが見てるのに気付くと、「どうせなら天馬に見せたかったな」とにやりと笑った。
全く、何言ってんだか…………
「よし、俺もそろそろ着替えるかな」
玲央がそう言って立ち上がった時、今度は玲奈さんが部屋に入って来た。
「美愛ちゃ～んっ♪」
真っ先にあたしに抱きついて来る玲奈さん。
「ワンピ超似合う～」と言いながら、あたしをベタベタ触りまくっている。

「おい姉貴、あんま触ってんじゃねぇよ!」
玲央が慌てながら、あたしから玲奈さんを引き剥がした。
「もう、嫉妬しないでよね、男らしくないなぁ」
引き剥がされた玲奈さんは、そう言って頬を膨らませた。
「れ、玲奈さん、今日はどうしたんですか?」
あたしが聞くと、玲奈さんはにやりと笑いながら、あたしに紙袋を突き出した。
「はいこれ、美愛ちゃんに貸してあげる♪」
「え……何ですか?」
あたしは疑問に思いながら、紙袋の中身を取り出す。
…………ん?
これってもしかして……
「特服?」
そう、紙袋に入ってたのは、真っ赤な特攻服だった。
「……って、6代目暁姫!?」
あたしはその特服の背中の文字を見て、思わず声を上げた。
確か、玲央たちの代が8代目だから、2代前ってことになるよね。
「玲奈さんって、暁姫だったんですか!?」
あたしが聞くと、「まあね」と舌を出す玲奈さん。
全然知らなかったよ…………
でも、これだけ美人だもんね。
まぁ、姫って言うよりは女王様って感じだけど。
「姉貴、レディースの総長もやってたんだぜ?」
隣で呆れたように言った玲央。
レディースの総長ってすごっ! って、あたしが驚くことじゃないか。
あたし、覇王の四天王だったしね。
ってか、いつか玲央が言ってた"歴代最強の暁姫"って、玲奈

さんのことだったりして……
「あの……これ借りても良いんですか?」
この特服を着てバイクを乗り回す玲奈さんを想像しながら、苦笑いで玲奈さんに聞くあたし。
すると、玲奈さんは手をヒラヒラと振った。
「うん、気にしないで使って〜
どうせあたし、もう着ないしね」
そう言って玲奈さんは、あたしから玲央に視線を移した。
「あんた、どうせまだ美愛ちゃんの特服作ってないんでしょ?」
腕を組みながら玲央を睨む玲奈さん。
「へぇ、たまには気が利くじゃん」
にやりと笑いながらそう答えた玲央に、「"たまには"は余計よ」と玲奈さんが言い放った。
「じゃ、あたしはこれで帰るわね。またね、美愛ちゃん♪」
玲奈さんはそう言うと、手を振りながら部屋から出て行った。
途端に静かになる部屋。
玲奈さんって、何か嵐みたいな人だな……
「じゃ、美愛はそれ着て参加できるな♪」
玲央が、良かった良かったと言いながら頷く。
でもね…………
「ワンピの上にこれを着ろと?」
あたしは冷めた目で玲央を見た。
すると、少し考えてからコクリと頷く玲央。
いやいやいや!
ワンピに特服って………
何の罰ゲームですか?
「じゃあさらしに着替えるか?」
ありえない、って顔をしてるあたしに、意地悪な笑みを浮かべながらそう言った玲央。

こいつ、絶対あたしの反応見て楽しんでる…………
「あはは、そんな気にすんなって。どうせお前は、ずっと車の中だからさ」
不機嫌な顔のあたしに、玲央は笑いながら言った。
何かあんまりフォローになってないような……
ってか、あたし今日車なんだ。
そりゃそっか。
あたしは、今は幹部じゃなくて暁姫だもんね。
覇王の時は、いつも誰かのバイクの後ろに乗ってたけれど。
でもよく考えたら、覇王の"華"であった優梨香も、暴走の時はいつも魁斗と一緒に車に乗ってたな。
優梨香…………
もうずっと会ってない、あたしの一番の親友。
元気かな？
あの日以来、連絡すらとってないもんね。
あたしが覇王を裏切ったあの日以来、一度も……
「……ぁ、おい美愛！」
玲央の声で、あたしはハッと我に返った。
「え……あ、玲央。どうしたの？」
「どうしたの、じゃねぇよ。急に反応しなくなりやがって」
玲央が怒ったように言う。
あら、どうやらあたしは、少々違う世界にトリップしてたみたい…………
「あはっ、ごめんね」
あたしは誤魔化すように笑った。
……うん、きっと優梨香は元気だよ。
「ったく……じゃ、俺着替えてくっから待ってろ」
玲央は呆れ顔でそう言うと、奥の部屋へと入って行った。
玲央が入ったのは、総長室。

そこには、総長と暁姫以外は誰も入れない。
それは、たとえ幹部であっても同じこと。
それくらい、総長室は特別な部屋だ。
…………と言っても、あたしもまだ入ったことないんだけど。
『おい、もう入って良いか?』
玲央が総長室に入って暫くすると、幹部室のドアの向こうから空夜の声がした。
「わ、空夜⁉ ごめん、もう大丈夫!」
あたしが慌ててドアを開けると、呆れ顔の空夜が立っていた。
あは、だいぶ待ってた感じですかね…………
「……玲央は?」
部屋の中をキョロキョロと見回しながらそう聞く空夜。
「あ、玲央なら奥の部屋だよ」
あたしが教えると、「ふーん」と言って、空夜はソファに腰を下ろした。
そういえば、さっき空夜がさらしがないって言ってたような…………
「空夜、さらし見つかったの?」
あたしは、ソファでケータイをいじり出した空夜に聞く。
「あぁ……予備のを使うから別に良い」
ケータイから顔も上げずに答える空夜。
うん、せめて相手の顔見て喋ろうよ…………
あたしは少し呆れながら空夜を見る。
ま、空夜らしいっちゃ空夜らしいけどね。
ってか、そんなことより…………
「特服どうしよう……」
あたしは、改めて紙袋を覗き込む。
はぁ、やっぱりさらしに着替えようか?
でも、今日さらし持ってきてないし……

ケータイのディスプレイを確認したら、現在PM 8時半過ぎ。
今から家にさらしを取りに帰るんじゃ、とても間に合わない。
あぁ、本当にどうしよう⁉
「……さっきから何一人でブツブツ言ってんの？」
あたしが頭を抱えていると、空夜が怪訝そうな顔でこちらを見ていた。
「だって……」
あたしは簡単に空夜に事情を説明する。
すると、空夜は平気な顔で一言。
「別に良いんじゃね？」
…………はい？
空夜もあたしに、ワンピの上に特服を着ろと？
意味わかんない！
何で暁の男って、みんな女心がわかんないわけ？
本当に信じらんないんだけど……
あたしは空夜に言い返そうと口を開いた。
「…………はい、そうさせていただきます」
口から出た言葉は、あたしの心とは裏腹なこと。
だって………だって、空夜の殺気がヤバいんだもん！
空夜の目が「これ以上騒ぐな」って言ってる……
「……わかれば良い」
空夜はあたしの答えに満足したようで、再びケータイに視線を戻した。
……あたしの完敗ね。
喧嘩なら絶対負ける気しないんだけど……なんてね。
そんなことを考えながら真っ赤な特服を見つめてると、部屋のドアが開いて叶多が入って来た。
「わぁ……叶多格好いい‼」
叶多を見た瞬間、思わず声を上げるあたし。

112 椿鬼―イケメン総長に愛された最強姫―

部屋に入って来た叶多は、既に特服に着替えていた。
真っ黒で光沢のある特服。
腕と背中のところに、金文字で"暁"って刺繍(ししゅう)が入っている。
……覇王の特服は、暁とは真逆の白だったなぁ。
つい、そんなことを思い出してしまうあたし。
「あれ、美愛ちゃんその紙袋どうしたの？」
叶多に声をかけられ、あたしは現実に戻ってくる。
はぁ、あんまりこの紙袋には触れないでほしかったんだけど…………
「これ……玲奈さんに借りたというか、押しつけられたというか…………」
そう言ってあたしは、中から赤い特服を出した。
「わ、久しぶりに見たな、それ」
叶多がにこにこしながら言った。
「えへ、今日あたしこれ着なきゃいけないみたいだから……」
空夜がいるから、叶多に愚痴れないよ……
「そっか、まだ美愛ちゃん特服作ってないもんね」
今度作りに行こうね、と叶多が笑顔で続けた。
うん、そして今度はぜひともワンピの上から着るようなことはしたくないな。
「……俺も着替えてくる」
そう言って空夜が、ケータイを閉じながら立ち上がると部屋を出た。
それと入れ違いのように、総長室から出て来た玲央。
うわ…………
超格好いい…………
いつも格好いいけれど、特服姿の玲央はさらに格好よかった。
制服や私服の時とは違い、総長としての威厳に満ちた存在感……

やっぱり、どこのチームも総長の存在は大きい。
「何か、俺んとこに誰かのさらしが混じってたけど……ま、いっか」
格好いい見た目とは裏腹に、何とも無責任な総長の言葉。
その"誰かのさらし"って、絶対空夜のじゃん！
「玲央、そろそろ準備しないと……」
「あぁ、わかってる。
美愛、行くぞ」
叶多が言うと、玲央はあたしの腕を掴んで歩き出した。
「ちょ……空夜まだだよ？」
あたしが聞くと、「チッ……あいつ遅ぇな」と舌打ちする玲央。
…………空夜が遅くなったのって、十中八九玲央のせいだと思うんだけど？
あたしたちは階段を降りて倉庫から出た。
倉庫の前には、既にバイクに跨ってエンジンを吹かしているたくさんの下っ端君たち。
「美〜愛っ！」
誰かに声をかけられ振り返ると、にやりと笑う天馬がいた。
「あ、天馬も着替えたんだね」
あたしが言うと、天馬は「格好いいだろ？」と自慢気な顔をした。
「ん〜後ろ姿は格好いいかな」
「何だそりゃ？」
あたしの答えに、ガクッと肩を落とす天馬。
だって、後ろ姿は玲央とそっくりなんだもん！
多分2人が後ろ向きで並んだら、どっちがどっちだかわかんないよ。
天馬と話してると、あたしの前に一台の車が止まった。
ボディが艶やかに光っている、真っ黒な外国車。

さすが関東トップ！って感じの車だ。
「美愛、乗れ」
玲央に言われて、あたしは車に乗り込んだ。
体が沈み込む、フワフワしたシート。
さすが高級外車。
あたしの隣には玲央が座った。
ちなみに、今のあたしはワンピに特服という何ともシュールな格好……辛(つら)い。
そして助手席には天馬。
天馬は今日は影武者だから、バイクじゃないらしい。
叶多と空夜は、バイクみたい。
「よし、出せ」
玲央が運転手にそう言うと、車のエンジンがかかった。
ちなみに、運ちゃんはスキンヘッドのいかついお兄さん。
グラサンして街を歩いてたら、間違いなく警察から職質(しょくしつ)かけられそうだな……
そんなことを考えてたら、車が発進した。
————ブオオォォン !!!!
それを合図にするかのように、周りのバイクからも一斉にエンジン音がする。
PM9：00
静かな街に響き渡るエンジンの爆音。
暁の暴走集団は、夜の闇(やみ)へと走り出した————

————ブォンブォンブォン
あたしたちを取り囲むかのように、前後左右から聞こえる単車の爆音。
中には、エンジンを吹かす音で器用に曲のメロディを奏でる人もいた。

夜なのに、暁が通るところは昼間のように明るい。
……世間では、暴走族は疎(うと)まれた存在。
確かに、夜中にこんな風に騒がれたら迷惑だと思う。
……でもね、それがあたしたちの居場所なの。
暴走なんて、人に迷惑を掛けるだけの無意味なことだと思われるかもしれない。
それでも、あたしたちは純粋に暴走が好きなんだ。
もちろん、あたしたちが正しいだなんて思っていない。
思っていないけど、でも間違っているとも思わないの……
仲間を大切にし、純粋に暴走を楽しみ、一般人には手を出さない。
クスリや犯罪に手を染めない。
暁も覇王も、信念は同じ。
だから…………そんなチームだから、あたしは間違っているとは思わないんだ。
警察や世間に、あたしたちのことを理解しろとは言わない。
でも、暴走族にも"信念"があって、それは必ずしも悪いことなわけではない、ということはわかってほしい……
「そろそろ……だな」
前に座ってる天馬が呟(つぶや)いた。
それと同時に、更に大きくなった爆音。
どうやら、他のチームと合流したみたい。
「すごい……」
あたしは窓の外を見て、思わず呟いた。
どこを見ても、バイクや車しか見えない。
みんなフルフェイスのメットをかぶっていたり、タオルで顔半分を隠している。
警察に顔見られたり、写真撮られたりしたら厄介(やっかい)だもんね……
ナンプレも上に上げたり、外しちゃってるし。

「楽しい……」
無意識に、あたしの口からそんな言葉が出た。
「美愛……」
低く優しい声であたしを呼んだ玲央。
「何？」
あたしが聞くと、玲央は愛おしそうにあたしを見つめる。
「愛してる」
————ドキンッ
玲央の甘い囁きに、胸がしめつけられる。
「あたしも、だよ……」
あたしが答えると、玲央はふっと嬉しそうに笑った。
その笑顔に、あぁ、あたしは玲央のことが好きなんだ、と実感する。
見つめ合う二人……すごくムードが高まってきた時……
————ウゥ〜ウゥ〜ウゥ〜
「はい、二人とも残念でした〜」
雰囲気をぶち壊す、サイレンの音と天馬の声。
「チッ……もう来たのか」
玲央が舌打ちした。
「ま、俺的には最高のタイミングだがな♪」
天馬がにやりと笑いながら言う。
邪魔が入ってくれて嬉しすぎる、という顔だ。
天馬、その顔めちゃくちゃウザいんですけど……
「にしても、マジで今日は早いな」
天馬はあたしの冷たい視線に気付くことなく、眉間にしわを寄せた。
……そう、確かに少し妙だ。
警察が気付くの、早すぎない？
まだ暴走が始まってから、30分も経っていないのに……

しかも、パトカーの数が異常に多い。
────まるで、最初から今日暴走があることをわかっていたかのように…………
「……玲央、叶多に電話しろ」
外の様子を伺いながら、天馬が静かに言った。
「や……だ…………」
その言葉に反応したのは、玲央ではなくあたし。
天馬の言葉が何を意味するか、わかってしまったから。
だって…………
このタイミングで動き出すのは"影武者"しかいないから……
……
「……もしもし、叶多？　……あぁ、頼む」
険しい表情でケータイを耳にあてる玲央。
……わかってる。
天馬は、こういう時のための影武者なんだから。
あたしに止める権利なんてないのはわかってる。
あたしが天馬を止めることは、暁に解散しろと言うようなことだもん。
でも、わかってるけれど…………
「うぉっしゃあぁ!!」
突然天馬が叫んだ。
「ったくシケた面しやがって……やぁっと俺様の出番が来たっていうのによぉ」
そう言って天馬が振り返り、にやりと笑った。
「言ったろ？　天馬様は二輪転がす天才だって」
キラキラとした、自信満々な天馬の瞳。
あたしはそんな天馬の顔を見て、ハッとした。
……そうだ。
天馬は絶対大丈夫だよ。

さっき溜まり場で、天馬のことを信じると決めたばかりじゃない。
「天馬……捕まったら承知しないからね」
あたしが軽く睨(にら)みながら言うと、天馬は「誰が捕まるか」って余裕の表情。
「玲央、特服貸せ！」
天馬に言われ、玲央は軽く頷(うなず)くと自分の特服を脱ぎ、それを天馬に渡した。
特服を受け取ると、それを羽織る天馬。
その背中には、"暁八代目総長"の文字。
……天馬はたった今、暁の総長となった。
―――ブォンブォン
一台のバイクが、車に接近して並走した。
すると、あたしたちの乗った車は、だんだんと速度を落としていく。
そしてついには、車と、それに並走していたバイクが停車。
車が停車すると、直ぐ様ドアを開けて外に出る天馬。
それと入れ違いに、こちらに乗り込んで来たのは叶多だった。
「天馬……必ず帰って来い！」
バイクにまたがってタオルを顔に巻いてる天馬に、車の中から玲央が叫んだ。
―――ウゥ～ウゥ～ウゥ～
その間にも、だんだんとサイレンの音が近づいて来る。
後ろの方で暁の構成員や他のチームが何とかパトカーを足止めしてくれているけど、それももう限界みたい……
―――ブォンブォンブォン!!!
天馬は勢いよくエンジンを吹かし、こっちに手を振りながら走り出した。
「天馬は一人で逃げるの？」

119

「いや、空夜が一緒だよ」
あたしが聞くと、叶多が顔のタオルを取りながら答えた。
天馬と空夜……
お願い、どうか二人とも無事に帰って来て……

天馬と空夜は、集団の輪から外れて交差点を左折した。
何台かのパトカーはまだこっちを追い掛けて来るけど、そこはさすが警察、半分くらいは天馬たちの方へ行った。
「チッ……白バイ行ったか」
窓の外を見て、玲央が舌打ちする。
確かに、パトカーよりも小回りの利いてしまう白バイは、少し厄介。
まぁ運転技術は、こっちの方が上だろうけど……
「玲央、撤退指示出すよ？」
叶多が聞くと、玲央は静かに頷いた。
直ぐ様どこかへ電話をかける叶多。
玲央の方も、ケータイで誰かと話している。
撤退、か……
これだけ警察が動いていれば、このまま暴走を続けるのは難しいよね。
チームによっては武器でパトカーを破壊したりするところもあるけれど、暁はそんなチームじゃない。
あくまで暴走を楽しむだけ。
だから警察が来たら撤退する……
これが暁のやり方だ。
覇王も、警察に刃向かうようなことはしたことがなかったし……
………

＊＊＊

その後、暴走に参加していた暁やその他のチームは撤退。
あたしたちも、暁の溜まり場に戻って来た。
「天馬と空夜、大丈夫かな……?」
ソファに座りながら、あたしは思わず呟いた。
誰も何も言わない。
部屋の中を、重い沈黙が支配する。
三人とも、ソファに座ったままボーっとしていた。
言葉を交わさなくとも、お互いの考えてることは痛いほどわかる。
―――どうか二人とも、無事に帰ってきてほしい……

どれくらい時間が経ったのだろうか?
―――ガチャッ
部屋を支配していた沈黙を破ったのは、ドアが開く音だった。
「いや〜、久々に思いっきり飛ばしたわぁ〜」
「お前、白バイ挑発しすぎ……」
そんな言い合いをしながら入ってきたのは、元気な様子の天馬と空夜だった。
「二人とも……良かったぁ…………」
二人を見た瞬間、体の力が一気に抜け、へなへなと床に座り込むあたし。
「おー美愛! 会いたかったぜ〜!」
そう言って、あたしに抱きつこうとしてくる天馬。
いつもならスルリとかわしちゃうところだけど、今日だけはあたしは抵抗しなかった。
なのに……
せっかくあたしが逃げないであげたのに、天馬があたしのところまで辿り着くことはなかった。

121

「ぐぇっ…………」
あたしの目の前で床に叩き落とされる天馬。
「てめぇ、調子乗ってんじゃねぇぞ」
天馬を叩き落とした玲央は、腕を組みながら天馬を睨む。
なんか天馬、今日頑張ったのに不憫だ…………
「結構な数がそっちに行ったけど、うまく撒けたみたいだね」
苦笑いで天馬を見ながら、叶多が空夜に聞いた。
「あぁ、何とかな。……ったくあいつ、真っ直ぐ逃げりゃ良いのに、わざわざ白バイ挑発しやがって」
お陰で危なかった、と空夜がため息をつきながら言った。
何か……天馬が白バイを挑発して蛇行運転してるのが、容易に想像できる…………
さっきとは打って変わって、和やかなムードの室内。
何だかんだ言って、みんな二人が戻って来てホッとしてるんだ……

――――～♪

みんなが騒いでる中、あたしのケータイが鳴った。
「誰だろう？」
ディスプレイを見ると、知らないアドレスから。
嫌な予感がしながらメールを開いて、あたしは息を呑んだ。
"これ以上暁に関わるな"
本文はたったそれだけ。
あたしは、ケータイを持つ手が震えるのを抑えながら、平静を装った。
これは、みんなには言ってはいけない……
何故かそんな気がした。
……でもこれで、何故今日の暴走で警察の到着がこんなに早かったのかがわかった。
おそらく、このメールを送って来た人物が警察にタレ込んだん

だ。
────あたしを、暁から抜けさせるために。
でも一体、誰がこんなメールを？
すぐに頭に浮かんだのは羅刹。
だけど、あたしを暁から抜けさせて、羅刹に何のメリットがあるだろう？
逆にもし暁にバレたら、今度は確実にチームを潰されることはわかっているはず……
理人たちが、そんなリスクの高いことをするようには思えない。
誰が、何のために…………？
「美愛、どうした？　顔色悪いぞ……？」
気が付くと、玲央が心配そうにあたしの顔を覗き込んでいた。
「な、何でもない！　ちょっと考え事してた」
あたしが笑って誤魔化すと、玲央は不思議そうな顔をしてタバコに火を点けた。
みんなにはバレないように、早いところ解決しなくちゃ……
もちろん、暁を抜ける気なんてさらさらない。
まずは、このメールの送り主を何とかして見つけよう。
あたしはそう決心すると、そっとケータイを閉じた。

この時、あたしはまだ気付いていなかった。
覇王が、静かに動きだしたことに────

# 文化祭〜準備〜
## TSUBAKI

夏休みも終わり、新学期が始まった９月。
不審なメールが来て以来、あたしは羅刹周辺を中心に注意を払っていたけれど、特に変わったことも起こらなかった。
また、自分で色々と調べてもみたけど……大したことはわからなかったんだよね。
あたしも一応簡単なハッキングはできるけれど、空夜ほどの技術は持っていないし……
あたしの技術じゃ、探れる情報にも限界がある。
まさか覇王が？って思ったけど、まさかね。
覇王が動くとしたら、それはあたしのことが目的のはず。
もしあたしへの復讐が目的で、それに暁が邪魔なら、暁を潰せばいい。
全国トップの覇王なら、それくらい訳なくやれるだろう。
あたしを暁から抜けさせるという、回りくどい事をする意味がないのだ。
「あーもう何でよ！」
イライラして思わず叫んでから、あたしはハッとして口を押さえた。
「ほー、お前、俺に文句あんのか？」
そう言って殺気を放つ香川に、冷や汗を流すあたし。
そう、今はLHRの真っ最中。
口が滑ってしまった…………

「す、すいません……」
とりあえず謝罪。
「フッ、神崎、後で顔貸せや」
不気味な笑顔でそう言い放った香川。
しかも生徒に向かって顔貸せって…………
「…………はい」
「香川の鬼畜！」って叫びたいのを堪えて、あたしは渋々返事をした。
隣を見ると、あたしに向かって天馬が同情の視線を送っている。
そんな目で見るくらいなら、助けてくれれば良いのに…………
この日のLHRは、再来週の文化祭の出し物決め。
毎回思うんだけど、この学校って行事だけはしっかりしてるよね……
「じゃあ、何かやりたいもんあるやついるか？」
香川はそう言って教室を見回した。
「おばけ屋敷」とか「メイド喫茶」とか、教室中から様々な声が飛び交う。
「キャバクラ!!」
他の生徒の声に交じって、隣から天馬の声がした。
キャバクラって……風紀的にダメでしょ。
あたしはそう思ったのに…………
──数分後──
「よし、お前ら気合い入れて準備しろよ」
黒板にデカデカと"２Ｄ出し物　キャバクラ"と書きながら言った香川の一言で、LHRは終わった。

＊＊＊

「はぁ、何でキャバクラなのかなぁ……」

放課後、あたしはブツブツと文句を言いながら職員室に向かっていた。
ってか普通、担任が止めるよね。
香川はスルーしてたけれど…………
そんなことを考えてるうちに、職員室の前に辿り着くあたし。
ちなみに、最近やっと学校の構造を覚えて（と言っても教室と職員室と生徒会室だけだけど）一人で出歩けるようになった。
「う゛ー今日は何言われるんだろう……」
あたしは意を決してドアを開ける。
中を見回すと、香川は自分のデスクでタバコを吸っていた。
あたしが香川のところまで歩いて行くと、香川は「遅ぇんだよ」と不満げに言った。
まったく、人を呼び出しておいて何という態度だろう……
「お説教なら、早いとこ終わらせてほしいんですけど」
少々殺気を放ちながら香川に聞くあたし。
香川はそんなあたしに苦笑しながら、「説教じゃねぇよ」と言った。
説教じゃない……だったら何故あたしを呼び出したんだろう？
てっきり説教されると思ってたあたしは、予想外の香川の言葉にポカンとなる。
そんなあたしの様子を見ながら、香川はそっと口を開いた。
「覇王のことについてだ」
覇王という単語を聞いたあたしは、顔を強ばらせた。
「どういう……ことですか？」
心臓がバクバクする。
腕の震えが抑えられない。
「俺も詳しいことまではわからないが……覇王が、お前がここにいることを嗅ぎつけたらしい」
香川の口から発せられた、信じられない……いや、信じたくな

い言葉。
頭の中が真っ白になる。
しかし、そんなあたしに香川はさらに追い打ちをかけるように言った。
「正確に言えば、お前が暁と関わっていることに…………」
……いつかは、こうなることなんてわかっていた。
覇王から永遠に逃げ続けることなんてできないことも。
そして、あたしが誰かと関われば、その人たちも巻き込んでしまうことも……
わかっていたけれど
でもそれは、もっと先のことだと思っていた。
いや、もっと先であってほしいと思っていたんだ。
今の時間が、永遠に続けば良いと……そう思っていた。
でも逆に、早く覇王にあたしを見つけてほしかった、という想いもある。
あたしが覇王に復讐されることによって、あたしの罪が消えるとは思っていないけれど……
でも、心のどこかでずっと罪悪感に苛(さいな)まれていたんだ。
「先生……一つ聞いても良いですか？」
「……何だ？」
あたしは香川の返事を聞いてから、静かに口を開いた。
「先生は何故、そんなことを知っているんですか？」
一瞬、香川の動きが止まる。
そんな香川の様子を見ながら、あたしはさらに続けた。
「羅刹のときもそうだった……どうして先生は、現役の玲央たちも知らなかった情報を知っていたんですか？」
あたしは真っすぐに香川を見る。
あたしと香川の間に、沈黙が重くのしかかった。
「これはあくまであたしの憶測ですけど……あたしに暁と関わ

るなってメールしたのは、先生なんじゃないですか？」
「……何故そう思う？」
あたしの問いに、視線を逸らしながら言う香川。
そんな香川を真っすぐに見据えながら、あたしは静かに続けた。
「最初に疑問を持ったのは、さっきも言ったように先生が玲央たちも知らなかった情報を知っていたからです。普通、現役が知らないことを一般人が知ってるなんて、ありえません」
あたしの言葉に、香川はそっと目を閉じた。
「たとえ元族だったとしても、今現在の情報を知ってるということは今もまだこっち側と関係がある、と考えるのが妥当……それに、先生はあたしが暁姫になったことを知ってましたよね？」
あたしが聞くと、香川はフッと笑みをこぼした。
「それは、風河に聞いたことだ……」
香川の答えに、あたしは香川の目を見ながら口を開く。
「関東トップの暁の総長である玲央が、そんな簡単に情報を洩らすと思いますか……？」
あたしが香川に詰め寄ると、香川は観念したようにため息をついた。
「はぁ……そうだよ。確かに、俺はまだ若干裏と繋がりがある……そしてお前に忠告のメールを送ったのは俺。……暁の暴走を警察にタレ込んだのもな」
「どうしてそんなこと…………」
あたしは香川を睨んだ。
一歩間違えたら、天馬と空夜は警察に捕まっていたかもしれないのに。
なのにどうして……
「ああするしかなかったんだ。お前らを覇王から守るには…………」

「どういうことですか!?」
香川の言葉に、あたしは思わず大声を出してしまった。
そのせいで、職員室にいた何人かの先生がこちらに目を向ける。
「はぁ……場所が悪いな。続きはまた後日だ」
そう言って香川は灰皿にタバコを押しつけた。
あたしは反論しようとしたけど、香川が"今日はこれ以上聞くな"という視線を向けてきたため、渋々引き下がる。
「……失礼しました」
そう言いながら、あたしはモヤモヤした気持ちのまま職員室を後にした。


───香川side───

神崎が職員室から出ていく姿を見送ったあと、俺は小さく伸びをした。
本当は、場所を変えて話してやることもできた。
しかし、少々邪魔が入ったんだな……
「……いつまで隠れてるつもりだよ」
俺がそう言うと、棚の陰から一人の男子生徒が姿を現した。
「ククッ、気付かれていましたか……」
そう言ってにやりと笑う男子生徒。
顔は笑っているがその瞳は氷のように冷たく、痛いくらいの殺気を放っている。
「お前、誰? 人の会話を盗み聞きとは、随分悪趣味だな」
俺が皮肉を込めて言うと、男子生徒はまたくすっと笑った。
「僕は２Ｃの駕籠聖司です。別に趣味というわけではないんですが……僕たちの邪魔をしないでもらえますか?」
───ゾクッ

駕籠の言葉と共に、さらに殺気が増す。
こいつ、只者じゃねぇな…………
「……お前、何者だ？」
俺が警戒しながら聞くと、駕籠は涼しい顔をしながら「さぁ？」と首をすくめた。
はぁ、やっぱ素直には教えてくれねぇか。
ま、こんだけの殺気を放つようなやつだ。
ただの一般生徒っつーこたぁねぇだろう……
それに、こいつは俺に"邪魔するな"と言った。
つまり、これ以上神崎に余計な忠告はするな、という意味だろう。
「先生は僕のことを知らないようですが…………僕は先生のこと、知っていますよ？」
駕籠がにやりと笑った。
……俺のことを知ってるだと？
駕籠の怪しげな笑みに、俺の背中に冷や汗が流れる。
そんな俺の様子を見ながら、駕籠は楽しそうに口を開いた。

「何故教師になんてなってしまったんですか？　…………覇王初代総長さん？」

───香川side END───


＊＊＊

「う゛ーん……」
生徒会室に、あたしの唸り声が響いた。
「何で？　どうして？　…………わかんないよぉ!!」

あたしはさっきからソファにうずくまり、香川との会話を回想中。
「ってか、何で続きを話してくれなかったわけ!?」
そう呟いて、クッションに八つ当りする。
「な、なぁ玲央……美愛のやつどうしちゃったんだ？」
「ここに来てから、ずっとあんな調子だ……けど、ありゃかなり重症だな」
天馬と玲央が、あたしを哀れんだ目で見ながら喋っている。
「美愛ちゃん、ココア飲む？」
クッションをポカポカ叩いているあたしに、叶多が声をかけてくれた。
「…………飲む」
あたしが返事をすると、叶多はにっこり笑いながら部屋の奥へと消えた。
何かあたしって子供じゃない？
華の女子高生が、ココアで宥められるって…………
「はい、お待たせ」
しばらくして、戻ってきた叶多があたしにマグカップを渡してくれた。
ちなみにこの生徒会室には、冷蔵庫や電子レンジが備えつけられている。
まったく、生徒会室の分際でどんだけリッチなんだか……
「ありがと……」
叶多にお礼を言って、あたしはマグカップを受け取った。
ココアの甘い香りが、あたしの鼻腔をくすぐる。
「……おいしい」
ココアを一口飲んだあたしは、口一杯に広がるその甘さに、自然と顔が綻んだ。
「あー美愛だけずるい！

叶多俺にもココア〜‼」
向かいに座っている天馬が、あたしのココアを指差しながら騒ぐ。
「冷蔵庫に、牛乳とココアの粉がまだ残ってるよ？」
騒ぐ天馬に、笑顔で答えた叶多。
天馬には作ってあげる気はないらしい…………
「くそっ、何で俺には作ってくれねぇんだよ……」
ブツブツと文句を言いながら、冷蔵庫へと向かう天馬。
「美愛、さっきはどうしたんだ？」
ココアを飲んでるあたしに、玲央が聞いてきた。
「えーっと……」
答えに詰まるあたし。
さっき香川から聞いたことを、玲央たちに言っても良いのかな？
あたしが暁にいるのが覇王にバレたことが本当なら、話さなきゃまずいと思うけれど…………
「俺らに言えないこと……なのかな？」
叶多が、優しくあたしに聞いた。
「言えない訳じゃない…………けど、自分の中でもう少し整理したいの」
そう、今はまだあたし自身もちゃんと状況（つか）が掴めていないから。
それに、香川の話も途中だったし…………
「……わかった、美愛が話してくれるまで待つ。だけど、お前一人で悩むなよ？」
玲央が微笑みながら言った。
「うん……ありがと」
あたしが言うと、玲央と叶多は笑った。
そうだ、今のあたしは一人じゃない。
みんなが味方でいてくれるんだ……

132　椿鬼―イケメン総長に愛された最強姫―

あたしは、香川から続きを聞いたらみんなに相談しようと決意した。
「ってかさ、何でこの前の暴走ん時だけパトちゃんがいやに多かったんだ？」
天馬がココアのマグカップを手に戻って来ながら言った。
うわ……今日に限って天馬が鋭い。
「あぁ、そのことなんだが……」
いつのまにか空夜があたしの隣に来て、天馬の持っていたマグカップを奪う。
「てんめぇ、俺様のココア返しやが…………」
「空夜、何かわかったのか!?」
自分のココアを横取りされてギャーギャー騒ぐ天馬を無視して、玲央が空夜に詰め寄った。
「あぁ……警察んとこに匿名でタレ込みがあったらしい」
空夜がおいしそうにココアを飲みながら言った。
天馬、可哀相(かわいそう)だな…………じゃなくて、どうしよう!?
ここは素直に、香川がタレ込んだと言うべき？
いやいや、そんなことしたらさっきのことを全部話さなきゃくなくなるし……
それに、香川は"覇王から守るため"って言ってた。
香川のことだからきっと、何か考えがあっての行動だろうし……
やっぱり、ここで香川の名前を出すのはやめよう。
「なぁ、美愛はどう思う？」
「ふぇっ!?」
いきなり玲央に話を振られ、変な声が出てしまったあたし。
いかん、何も聞いてなかった…………
「だーかーらー、タレ込んだやつは、羅利だと思うかって聞いてんの」

半ば呆れ顔であたしを見る玲央。
「ごめん、ちょっとぼーっとしてて…………あ、あたしは羅刹じゃないと思う……かなぁ……？」
うん、だってあたし真犯人知ってるしね。
あたしが意見すると、玲央たちはまた考え込んでしまった。
天馬に至っては、部屋の隅でしくしくと泣いている。
「あたし、そろそろ帰るね……」
居心地が悪くなって、あたしはソファから立ち上がった。
知らないふりをするのも、結構神経使うんだよね……
「溜まり場来ねぇの？」
そう言って不思議そうにあたしを見る玲央。
「あ、うん……今日ちょっと用事があって……」
心の中で「ごめん！」って謝りながら、あたしは嘘をついた。
「そっか……
じゃ、送ってく」
玲央はそう言って立ち上がると、バイクのキーを手に取って歩き出した。
あたしもそれに続き、生徒会室を後にした。


──翌日──
「おい、そこのカッター取れ！」
「ちょっと、そのデザイン何とかなんないの？」
「てめぇ、ガムテープもうねぇじゃねーか!?」
「最悪～つけま取れてるし～!!」
教室内に、様々な声が飛び交う。
何をやってるかといえば、もちろん文化祭の準備……なんだけど。
「あの～、この問題解る人います？」
ただ今、数学の授業の真っ最中。

でも、先生の授業を聞いてる生徒なんて、ほとんどいないわけで……
「おいハゲ、そこのコンパス取れや！」
「は、はい！」
可哀相に、先生が生徒にパシられてるよ……
「美愛～これなんてどう？」
天馬があたしにメモを見せてきた。
「ん、どれ？　……ショートケーキのプリン乗せ!?」
そう、あたしたちは今、お店で出すメニューを考えてる最中。
「天馬…………気色悪ぃ」
玲央が、天馬を哀れんだ目で見ながら言った。
うん、確かにあんまり想像したくないかも……
「えー何で？　ケーキとプリンの両方を一度に味わえて、一石二鳥じゃんっ！」
天馬が瞳を輝かせるけど…………別々で食べた方が、絶対おいしいと思うよ？
「み、みなさん！　この問題が解る人は…………」
そんな中、先生が必死に教卓で声を張るけど……
「おいハゲ、黙んねぇとシバくぞコラァ‼」
金髪にピンクのメッシュを入れたヤンキー君が、ドスの効いた声で怒鳴った。
「す、すいません‼」
顔を真っ青にしながら謝る先生。
何か、本当に気の毒に思えてくるよ…………って、あたしも授業聞いてないんだけどね。
でも、行事に関してのこの学校の生徒のやる気って、本当に何なんだろう？
普通、こういうのって面倒臭がるもんじゃないの……？
「美愛～じゃあさ、オレンジジュースにキャラメルを浮かべる

135

ってのは……」
「却下」
天馬が言い終わる前に、あたしは速攻却下する。
ってか、何で無理矢理何かを組み合わせようとするんだか。
「そういえばさ、天馬っていつ髪色戻したの？」
あたしは、いまさらながら天馬の頭を見ながら聞いた。
なんか、気が付いたら金髪から赤髪に戻ってたんだよね……
「いつって……いまさらかよ!?」
天馬は呆れたようにため息をつく。
「ごめんごめん！
最近色々忙しくて、気付かなかったの！」
我ながら、だいぶ苦しい言い訳。
だけど…………
「んーそれもそうだな！　戻したのは、暴走の次の日だよんっ♪」
…………天馬が単純で良かった。
ってか次の日って……本当に暴走の日のためだけに金髪にしたんだ。
「そっか……って、空夜は何してるの？」
ふと視線を移すと、紙に何かを書いている空夜。
「何って…………メニューだけど……？」
そう言って、空夜はあたしにその紙を渡してきた。
あたしは、渡された紙に目を通す。
「空夜…………あたしたちがやるのは、レストランじゃないよ？」
あたしはため息をつきながら空夜を見た。
「えっ…………ダメ？」
不思議そうに首を傾げる空夜に、あたしは「いや、ダメってか無理でしょ」と答えた。

136　椿鬼―イケメン総長に愛された最強姫―

空夜が書いたメニューには…………"ハンバーグセット""アジのひらき定食""きつねうどん"など、本格的な料理がずらりと並んでいた。
そりゃ、スパゲッティとかオムライスとか、簡単なものならキャバクラにもあるだろうけど……
"アジのひらき定食"って、その辺のファミレスにも置いてなくない…………？
「あはは、でも意外と出してみたらウケたりしてねぇ」
叶多が、あたしの手元を覗き込みながら笑った。
…………ダメだ。
このメンバーでメニューなんて考えるのは、不可能…………
────キーンコーンカーンコーン
そうこうしてる内にチャイムが鳴り、昼休みになる。
もちろん、号令なんてかからないけれど。
チャイムが鳴ると同時に、数学教師は物凄いスピードで教室から出て行った。
なんか、おつかれさまでした、って感じだよね…………
「美愛、生徒会室行くぞ」
玲央がそう言って、あたしを見る。
「ごめん！　あたし、今からちょっと行くところがあって……」
あたしは顔の前で手を合わせながら謝った。
そう、あたしはこれから香川のところに行って、昨日の話の続きを聞きに行こうと思ってる。
そして、香川から全て聞いたら、玲央たちにも話すつもりだ。
「……そうか。何かあったら、すぐ呼べよ？」
玲央は、あたしに深くは追求せず、微笑みながら言った。
きっと、玲央なりに何かを察してくれての配慮だろう……
「うん、ありがとう」
あたしはそうお礼を言って、教室を出て職員室へと向かった。

＊＊＊

職員室に着いたあたしは、勢いよくドアを開け香川の元へ一直線に向かった。
「先生！」
あたしが呼ぶと、香川がふっと顔を上げる。
「神崎？　…………どうした？」
「どうした？　じゃないですよ！
昨日の話の続き、教えてもらえますか？」
あたしが言うと、香川は唇を噛み締め、悔しそうな顔をした。
「…………続きなんてねぇよ」
香川から発せられた言葉に、あたしは思わず耳を疑う。
「は？　どういうことですか!?」
あたしは香川に詰め寄った。
「そのままの意味だ。もうお前に話すことはねぇよ……」
あたしと目を合わせずに、早口でそう言った香川。
何で…………？
また後日って、香川が言ってたのに……
「暴走をタレ込んだのは、教師として当たり前のことだろ。
……昨日の続きは以上だ」
そう言って、香川は無理矢理会話を終わらせる。
……そんなの納得できない。
どうして急に、香川の態度が変わってしまったの？
「……先生、それは本気で言ってるんですか？」
あたしは、少し殺気を出しながら香川に聞いた。
「……あぁ、本気だよ」
香川が目を伏せながら、静かに言う。
「そうですか。あたし、先生のこと信じてたのに…………残念

です」
あたしはつのる怒りを抑えながら、香川にそう言い放つ。
それでも顔を上げず、何も言わない香川。
…………信じていたのに。
あたしが迷ってた時はいつも、香川はあたしの背中を押してくれた。
元覇王だから、あたしが覇王を裏切ったことは知っているはずなのに、あたしを責めないでくれた香川。
唯一信じられる大人だったのに。
やっぱりあなたは、元覇王といえど今は他の教師と同じなの？
「元族だったんだから、暴走の時に影武者を置くことくらい、知ってますよね？　あの時、もし影武者が……天馬が警察に捕まったとしても、先生は〝教師として当たり前のことをした〞って平気な顔で言えるんですか？」
あたしは一気に、香川に怒りをぶつけた。
香川なら……いや、香川だからあたしたちのことを理解してくれていると思っていたんだ。
信用していた分、裏切られたときのショックは大きい。
もう、誰を信じたら良いかわからなくなってしまう……
「あの……神崎…………」
「もういいです……二度と暁に関わらないでください」
香川の言葉を遮り、あたしは逃げるように職員室から出て行った。
「な……んで？　信じてたのに……」
職員室のドアをぴしゃりと閉め、あたしは廊下の隅にしゃがみ込んだ。
今までの香川の言葉は、何だったの？
あたしに、玲央たちを信じろって言ってくれたのに。
なのに、何でその香川自身は暁のことを裏切ったのよ…………

「あはは、マジ笑える。……あたしも覇王を裏切ったのにね」
あたしは誰もいない廊下で一人、自嘲気味に笑った。
そうだ、あたしだって同じことしてんじゃん。
香川のことを非難する権利なんて、あたしにはない。
魁斗たちも、今のあたしと同じ気持ちだったのかな…………？
いや、きっとあたし以上に傷ついただろう。
今までずっと一緒に過ごしてきた仲間に裏切られたのだから……
………
香川よりも、あたしの方がずっと最低だ。


「大丈夫ですか、神崎さん？」
不意に頭上から声がして、あたしは顔を上げた。
見ると、眼鏡を掛けた黒髪の男の子が、心配そうにあたしの顔を覗き込んでいる。
「あ、大丈夫です……えーっと…………誰？」
こんな男の子、あたしは知らない……はず。
何であたしの名前を知ってるの？
「あ、僕は２Ｃの駕籠聖司と言います」
警戒するあたしに、駕籠君はにっこりと笑った。
「駕籠君……？　ごめん、あたしたち前にどこかで会ったことあるっけ？」
そんな名前は記憶になかったあたしは、申し訳なさそうに駕籠君に聞く。
「ないですよ。けれど、神崎さんは有名ですから……鳳河君の彼女ですしね」
あたしの問いに、駕籠君は微笑みながら答えた。
「そ、そっか……えっと、心配してくれてありがと。でも、もう平気だから！」
そんな、あたしが玲央の彼女ってことで有名なんて…………

恥ずかしくて、あたしは駕籠君にお礼を言うと、急いで生徒会室へと向かった。
あたしの走る後ろ姿を見ながら、駕籠君がにやりと笑っていたことにも気付かずに────

＊＊＊

────ガラガラガラ
生徒会室に着き、あたしは勢いよくドアを開けた。
「うぉっ、美愛⁉」
目の前には、驚いた顔の天馬。
どうやら、天馬は教室から出ようとしてたみたい。
「あ、ごめん天馬！」
あたしは天馬に謝り、生徒会室の中に入った。
「美愛ちゃん……走ってきたの？」
叶多があたしに不思議そうに聞いてくる。
「うん、ちょっと色々あって……」
あたしは言葉を濁した。
香川のこと、言った方が良いのかな？
でも、ちゃんとした答えを聞けなかったしどうしよう……
「美愛、何かあったのか？」
玲央が険しい顔で言った。
「…………」
何も言えないあたし。
鋭い玲央なら、あたしに何かあったってことはわかっていると思うけど……
でも、やっぱりあたしは話すのを躊躇ってしまう。
「美愛、俺言ったよな？　一人で悩むなって……」
俯くあたしに、玲央は優しく言った。

141

顔を上げると、真っ直ぐにあたしの目を見てる玲央。
その吸い込まれそうなほど澄んだ玲央の瞳を見て、あたしは今までのことを玲央たちに話す決心をした。
羅利のこと、暴走のタレ込みのこと、覇王のこと…………
あたしは今までのことを、少しずつ正確に玲央たちに話した。
あたしが話してる間、真剣な顔で聞いてくれた玲央たち。
「…………今まで黙っててごめん」
あたしは全てを話し終え、最後にそう言った。
誰も何も言わない。
聞こえてくるのは、部屋に掛かっている時計の秒針の音だけ。
一体、その秒針が何周回ったときだろう？
玲央がそっと口を開いた。
「バカ……何でもっと早く言わねぇんだよ」
「……ごめん」
玲央の言葉に、あたしは俯きながら小さく謝った。
「うーん……美愛ちゃんの話だと、香川先生は最初はちゃんと話すつもりだったみたいだけど……」
叶多が困ったような顔で首を傾げた。
その言葉に、あたしは頷く。
「うん、だって続きはまた後日って言われたもん。なのに……」
なのに、香川はあたしを冷たく突き放した。
理由なんてわからない。
ただ単に香川の気が変わったと言うには、あまりに不自然すぎる。
「……どっちにしろ、覇王が動き出してるのは間違いなさそうだな」
空夜がポツリと言った。

覇王が動き出した

ハオウガウゴキダシタ……

信じたくない。
関わりたくない。
覇王が……魁斗が怖い。
「美愛、心配すんな。絶対ぇ俺たちが守ってやるからよ！」
天馬が明るく、そして力強く言った。
顔を上げると、みんながあたしのことを見ている。
……でも、あたしはその顔を真っ直ぐに見ることができなかった。
「無理だよ……魁斗には、勝てない。覇王は強い……」
唇を噛み締めながら、あたしはそう呟いた。
覇王の強さは、あたしが一番よく知っている。
魁斗は当たり前として、四天王でさえ、玲央がタイマンを張ったら互角か、もしくは負けるだろう。
「……それは俺たちが弱いと言いたいのか？」
玲央が眉を吊り上げながら言った。
「そういう意味じゃないけど……でも、はっきり言って暁と覇王とじゃレベルが違う……」
玲央の言葉に、あたしは目を伏せながら答えた。
―――バンッ
不意に、テーブルを叩く大きな音がした。
見ると、真っ赤な顔をした天馬が拳を握りしめながら震えている。
「……んなよ」
「えっ……？」
「ふざけんなよ！　レベルが違うだと？　んなもんやってみなきゃわかんねぇだろうが！」
天馬がキレた。

普段の姿からは想像もできない天馬の雰囲気に、あたしは驚いて目を見開く。
「いつまでも逃げてんじゃねぇよ！　過去に何があったかは知らねぇが、一生このままでいいわけねぇだろ！　……ちゃんと覇王と向き合えよ‼」
天馬は一気に怒鳴ると、力が抜けたようにソファに座り込み、「悪(わり)い」と一言呟いた。
天馬が謝ったのを聞いて、あたしはまた俯いた。
確かに、あたしはずっと覇王から逃げている。
このままじゃ、何の解決にもならないこともわかっている。
…………でもね？
あたしは、みんなが思っているほど強い人間じゃないんだ。
……喧嘩は強いかもしれない。
でも、だからといって内面的にも強いわけじゃない。
できることなら、このまま一生覇王とは関わりたくない、というのが本音。
あたしは、ただの意気地なしだ……
「美愛……ちゃん？」
叶多がそっと声をかけてきた。
でも、あたしはそれには応えずにソファから立ち上がり、ドアのほうへ向かう。
「おい、どこ行くんだよ？」
部屋から出ようとするあたしに、玲央が聞いた。
「ごめん……一人にさせて……」
あたしはそう小さく呟き、逃げるように生徒会室を出た。
そして、屋上に向かってフラフラと廊下を歩く。
途中、不良くんたちが絡んできたりしたけど、全部スルーした。


―――ガチャッ

階段を上りきり、屋上のドアを開けた。
幸い今は誰もいなくて、すごく静か。
「あたし……嫌われちゃったかな……？」
あたしは雲一つない真っ青な空を見ながら、小さくそう呟いた。
あれだけ自分勝手なことを言って、おまけに逃げてきたんだから、嫌われて当然か……
それに、全部あたしのせいだもん。
暁が覇王と向き合わなきゃいけなくなったのも、全部あたしのせい……
「……誰？」
不意にドアのほうから人の気配を感じ、あたしは振り返ってそう問い掛けた。
「……気付かれてましたか」
そう言ってドアの陰から姿を見せた人物に、あたしは目を見開く。
「駕籠君……どうして……？」
「すみません。
廊下で神崎さんを見かけて、後をつけてしまいました」
あたしの問いに、申し訳なさそうに応える駕籠君。
全然気付かなかった。
ダメだ、現役のころより感覚が鈍ってるな……
っていうか、
「何でついてきたの？」
普通、廊下で見かけたら声はかけるかもしれないけど、ついて行ったりすることはあんまりしなくない？
それに、駕籠君はかなり気配を消してた。
あたしは鈍ったとはいえそれなりの場数を踏んでいたから気付いたけれど……
一般人だったら、こんな微かな気配に気付くことはないだろう。

145

駕籠君って、一体……
「神崎さんは、僕に興味がありますか？」
あたしが少し警戒していると、駕籠君が唐突に質問してきた。
「は？　いや、そんなこと急に聞かれても……」
反応に困るあたし。
興味あるもないも、そもそも駕籠君のことをよく知らないし……
あたしが答えに詰まっていると、駕籠君はふっと笑った。
「僕は、神崎さんに興味があります」
「えっ……」
突然の駕籠君のカミングアウトに、あたしは何と返して良いかわからなかった。
「クスッ……今日は神崎さんに、そのことをどうしても伝えておきたくて……
では、僕はこれで失礼しますね」
駕籠君はそう言うと、にこっと笑ってドアの方へと歩きだす。
しかし屋上から出る前に、駕籠君がクルリとこちらに振り返って呟いた。
「その内、神崎さんもきっと僕に興味をもつはずですから……」
そのまま、駕籠君は屋上から出て行った。
あたしが駕籠君に興味をもつ……？
駕籠君は、一体何が言いたかったのだろう？
―――キーンコーンカーンコーン
あたしが一人で考えていると、予鈴が鳴った。
「……教室戻ろう」
そう呟き、あたしは複雑な気持ちのまま屋上を後にした。


＊＊＊

────ガラガラガラ
教室に辿り着いたあたしは、ドアを勢いよく開けた。
「み、美愛!!!」
あたしを見るやいなや、物凄いスピードで駆け寄ってくる天馬。
「わわ!! 天馬、どうしたの?」
抱きついてこようとした天馬を上手くかわし、あたしは首を傾げながら聞いた。
「どうしたのって……
さっき美愛が怒って出て行ったから……」
しょんぼりと答えた天馬は、機嫌を伺うようにあたしの顔を覗き込む。
……忘れてた。
駕籠君のいきなりの登場と意味不明な発言のせいで、さっきまでのシリアスなあたしの感情は、どこかに飛んでいってしまったらしい……
「えーっと……あたしこそごめんね?」
あたしは少し俯きながら、天馬たちに謝った。
「まぁ、気にすんな。……つーか、さっきからあいつらがお前のこと待ってんぞ?」
あたしの謝罪を軽く流し、ニヤリと教室に目を向ける玲央。
それにつられて、玲央の視線の先を見ると…………
「…………へ?」
何故か色とりどりのドレスを持ちながら、あたしを見ているクラスの女の子たち。
「神崎さんっ! あの……これ着てもらえる?」
あたしが不思議そうに女の子たちを見てたら、そのうちの一人が声をかけてきた。
「えっ……ってうわっ!!」

応えるよりも早く空夜があたしの背中を押し、あたしは倒れ込むように女の子の輪の中に入った。
あたしが来るやいなや、女の子たちはあたしの腕を引っ張りトイレへと連れ込む。
そして軽く拉致られたあたしは、あっという間にドレスに着替えさせられ、化粧を施され、髪を盛られた。
……結果、見事にキャバ嬢のようになったあたし。
「…………決まりね」
誰かがそう呟いた。
……これは一体何のバツゲームでしょうか？
「あの……何故あたしはこんな格好に？」
あたしがおそるおそる聞いてみると……
「神崎さん！
文化祭当日は、うちのNo.1として頑張ってね‼」
目をギラギラさせながら答える女の子。
…………話が読めないです。
「あの、No.1って……？」
すごく嫌な予感がする。
「もちろん、No.1キャバ嬢に決まってるじゃない♪」
うん、予想を裏切らない答え。
ってか、今まであたしのことを物凄い目で睨んでいた子たちが、何故急にあたしに接近してきたのか……
どういう風の吹き回し？
色々考えてるあたしをよそに、女の子たちは「源氏名どうする？」なんて盛り上がっちゃってるし。
「えーっと、あたしに拒否権とかは……」
「ないっ♪」
……ですよね。
こうしてあたしは、文化祭にて人生初のキャバ嬢をやることに

なった。
……って、人生初で当たり前か。

「あー多分それは、優勝狙ってるからじゃないかな？」
トイレから戻ったあたしがさっきのことを話したら、叶多が笑いながら言った。
「優勝？」
「そう。
優勝クラスには全員に遊園地のペアチケットがもらえるんだよ。だからみんな、気合い入ってるんだと思うよ？」
……なるほど。
優勝賞品のためには、少しばかりの妥協は必要ってわけね……
うん、理由はわかった。
けどね……
「だからって、何であたしがキャバ嬢なわけ？」
あたしはガックリと肩を落しながら呟いた。
「ははっ、美愛のキャバ嬢姿とか超見てぇ♪」
そう言ってニヤニヤと笑う天馬とは対称的に、浮かない顔をする玲央。
そんな玲央に、あたしは少し期待する。
さすがに玲央も、彼女のあたしがキャバ嬢やるのは反対してくれたり……
「美愛！」
真剣な顔であたしを呼んだ玲央。
よし、玲央が反対すれば、クラスの女の子たちも了承してくれるはず……
「……お触りだけは禁止だかんな」
…………はい？
「いいか、誰かに痴漢されたら、絶対ぇ言えよ！　俺がぶっ殺

149

す！」
……諦めよう。
もうあたしが逃げるすべなんてどこにもない。
潔く、キャバ嬢でもホステスでもやってやろうじゃないの！
「ってか、玲央たちは当日何やるの？」
あたしはサッと気持ちを切り替え、玲央に聞いた。
「ん？　俺たちは多分ボーイ」
さらっと答える玲央。
玲央がボーイか……何か似合わない。
ってか、ボーイって言うよりホストの方がしっくりくる。
まぁ、出し物がキャバクラだから仕方ないか……
そんなことを考えながら、あたしはクラスメートに混じり、憂鬱な気持ちで文化祭の準備を手伝い始める。


はぁ……文化祭、中止になんないかな……？

## 文化祭〜当日〜

それから一週間ほど時が流れ、文化祭当日。
相変わらず授業中に準備を進めたおかげで、うちのクラスは立派なキャバクラに変身した。
朝、登校したと同時にトイレへと連行されるあたし。
先日と同様、着せ替え人形の如くされるがままで……
そしておよそ一時間後。
「…………⁉」
教室に戻ったあたしは、物凄い視線を浴びた。
……恥ずかしい。
「お前……マジで美愛か？」
天馬が疑いの眼差しで見てくる。
「帰りたい……」
半泣きで弱音を吐くあたしに、「似合ってるよ」とにこにこ笑顔の叶多。
あたしの格好は……もはや女子高生じゃなかった。
胸元の開いた膝上丈の真っ赤なドレス、くるくる盛り盛りの髪の毛、ラインばっちり濃い化粧……こんなんで人前になんて出られない‼
「美愛、優勝したら一緒に遊園地な♪」
どうやら玲央は、もう優勝した気でいるみたいだし……
「……そんなに変じゃねぇよ？」
空夜の呟きと共に、あたしは覚悟を決めた。

こうなったら、何が何でも優勝して遊園地に行ってやる!!

＊＊＊

「3Bでお化け屋敷やってま～す!」
「ちょっとお姉さん、やきそば食べない?」
「メイド喫茶来てね～♪」
様々な個性的キャッチが飛ぶ中…………
「キャバクラやってまーす!　好きな子を指名してね～」
教室の中にいても聞こえる、うちのクラスのキャッチ。
……早く文化祭終わってくれないかな?
そんなことを考えてたら、「アミちゃん指名入りました～」って言うボーイの声がした。
"アミ"っていうのは、あたしの源氏名。
ただ単に"美愛"を逆にしただけなんだけどね。
まぁそれは置いといて……ついに初仕事かぁ。
「アミちゃん、7番ね」
ボーイに言われ、あたしは7番の個室に向かう。
うちのクラス、大分本格的で、段ボールで各テーブルを区切って8この個室を作ってある。
ちょっと危険なんじゃない?　って思うのは、あたしだけだろうか……
「ご指名ありがとうございます!　アミです♪」
7番のテーブルに着いたあたしは、出来る限り愛想良く接客する。
「うわ～めっちゃ可愛い!!」
「やっべ～マジで高校生?」
お客さんは、少しチャラめな大学生風の二人組。
う゛～面倒臭い……

「あはっ、正真正銘の17歳で～すっ♪」
あたしは思いっきりぶりっ子しながら答える。
「それ反則～メアド教えてよ！」
ニヤニヤしながら近寄ってくる男。
…………キモい。
「ごめんね、そーゆうのは禁止なの～。
あ、ご注文はどうしますか～？」
ナンパを軽く受け流して、あたしは男にメニューを押しつけた。
売り上げ伸ばさないと、赤字になっちゃうもん。
「え～～……メニューに、"アミちゃんのメアド"ってないの？」
もう一人の男が、渡したメニューを見ながら言った。
…………こいつ、殴っていい？
「ん～、アミのメアドは、非売品だから♪」
怒りを抑えて、あたしは引きつった笑顔で答える。
これも全て遊園地のためだ…………
ってか、注文しないなら帰れ!!
「じゃあ、コーヒー二つと……アミちゃんは？」
そう言って、男があたしの方を見た。
「えっと、じゃあアミはオレンジジュース♪」
ホントは飲みたくないけど。
まぁ売り上げのためだし、こいつらの奢りだしね。
あたしは注文するために、ボーイを呼んだ…………けど………
…
「ご注文は？」
やって来たボーイ―――天馬が、男たちを睨みつけながら聞いた。
「ち、ちょっと天馬！　お客さんなんだから……」
…………ウザ客だけど。

でも、一応は客なわけだし……逃げられても困るし。
「チッ……美愛、何かあったらすぐ呼べよ!」
天馬は舌打ちをしながら、渋々睨むのを止めた。
でも、すっかりビビってしまった男たちは、顔を引きつらせている。
「コーヒー二つと、オレンジジュース一つお願い……
それと、今のあたしは"アミ"だから」
あたしは手早く伝え、天馬に早く席を外させる。
だって、天馬の殺気でお客さんが気絶しちゃったら困るし。
「おう、すぐ持って来る!!」
注文を受けた天馬は、元気よく立ち去った。
「えーっと……大丈夫ですか?」
あたしが苦笑いで男たちに聞くと、二人とも青い顔で頷く。
まぁ、あたしは慣れてるから平気だけど、耐性のない一般人があんな殺気を食らったらかなり堪えるだろう……
ましてや、相手は関東トップの族の幹部。
あたしを指名した不運に、少しだけ同情した。
…………しかし、この後二人にさらなる不運が降り掛かってくることになる。


「お待たせしました」
声がした。
天馬のではない声がした。
…………しかも、思いっきり殺気が籠もってるやつ。
「……どうぞ」
嫌な予感を感じながらもあたしが言うと、トレーを持った超絶イケメンボーイ———玲央が、不気味な笑顔で立っていた。
「うん、ありがとう。もう行っていいよ」
お願いだから、あんまり客を怖がらせないで!

そう強く念じながら玲央に言ったけれど…………
「てめえら、美愛にちょっかい出したら地獄見るぞ?」
……まるで地獄から聞こえてきたような囁きは、男二人に恐怖を植え付けるには十分すぎた。
その後、男たちはろくにコーヒーも飲まず、逃げるように帰って行った。
まったく、玲央ったらそんなに客に圧力かけるなら、キャバクラなんてやめればよかったのに。
そんなことを考えながら、その後もあたしは次々と接客をしていく。
まぁ、主に玲央と天馬のおかげ(?)で、あたしに手を出そうとする客はいなかったけれど。
「アミちゃん休憩行ってきていいよ!」
合計で10組くらいの接客をした頃、やっとあたしの休憩時間を知らせる声が聞こえた。

「ふぁ〜疲れた……」
あたしは大きく伸びをしながら、制服を持ってトイレへと向かう。
とりあえず、この格好をどうにかしたいわ……
化粧と髪型はどうしようもないから、服だけ着替えた。
制服にこの盛り髪は少々ミスマッチだけど、仕方ないか……
軽く化粧を直し、急いで教室に戻る。
「美愛〜!! 俺っちと模擬店回ろっ♪」
「あれ、他のみんなは?」
突進してくる天馬を上手に避けて、あたしが聞く。
「美愛ちゃん、俺ら抜けらんないから、玲央と二人で回ってきたら?」
近くの個室からひょっこりと顔を出した叶多が、天馬の首根っ

子を掴んで言った。
「はぁ!?　やだやだ、俺も美愛と回るっ!!」
そう喚いてじたばたと暴れる天馬。
天馬、周りからの視線が痛いよ……
しかし、それ以上に叶多からの視線は恐ろしいものだった……
「天馬、俺たちと仕事したいよね？」
暴れる天馬に、ドス黒いオーラを放ちながら詰め寄る叶多。
ブラック叶多、降臨。
「し、仕事したいです…………」
叶多のオーラに押し潰されながら、青い顔で天馬が答える。
その途端、満面の笑みになる叶多。
「よし、じゃあもう少しで玲央出てくると思うから、待っててね？」
叶多はそう言って、べそをかいている天馬を引きずりながら教室の奥へと消えた。
何か、天馬が哀れだ…………
「美愛！」
丁度天馬たちと入れ違いに、玲央が奥から出てきた。
「模擬店回ろ？　お腹すいた〜」
あたしが言うと、玲央はクスッと笑いながらあたしの頭を撫でる。
「何が食いたい？」
「ん〜……クレープ！」
あたしがそう答えたら、「飯じゃねぇのかよ」って呆れ顔の玲央。
だって、さっきすれ違った人がクレープ食べてたの見て、おいしそうだったんだもん……
あたしが少し拗ねていたら、「行くぞ」と言って玲央があたしの腕を引いた。

＊＊＊

「ん〜おいひ〜♪」
クレープを口いっぱいに頬張り、超ご機嫌のあたし。
結局玲央は、あたしにクレープを買ってくれた。
「フッ……クリームついてんぞ」
そう言って、玲央はあたしの頬についたクリームを器用に指ですくって舐めた。
「うわ、甘っ」
クリームを舐めた玲央は、しかめっ面になりながら呟く。
「甘いからおいしいの！」
あたしは、そんな玲央を気にせずにクレープにかぶりつく。
うん、めちゃくちゃ幸せだぁ〜♪
「あっ玲央、あれも食べたい！」
クレープにかぶりつくあたしの目に止まったのは、"ワッフル"とデカデカと書かれた看板。
その看板を指差しながら、あたしは玲央のシャツの袖を引っ張った。
「あ？　ったく、また甘いもん食うのかよ？」
またまた呆れ顔になる玲央。
甘いものでも、別に良いじゃない！
あたし、こう見えてめちゃくちゃ甘党だし♪
「ワッフル〜！」
「はいはい、わかったって」
そう言って、玲央は渋々ワッフルを売ってるお店に入ってくれた。

「ふぁ〜、おいしかった♪」

クレープとワッフルを食べ、大満足のあたし。
「フッ……何だかんだ言って、お前も普通の女子高生なんだな……」
にこにこ顔のあたしを見ながら、玲央は目を細めて言った。
「えっ……どういう意味？」
突然のことで、戸惑うあたし。
そんなあたしの頭を撫でながら、玲央は続ける。
「俺さ、正直"椿鬼"ってもっと普通じゃないと思ってた。普段から、喧嘩する時みたいに冷徹な性格なのかなーって」
あたしは、玲央の言葉を黙って聞いていた。
「でも、実際は違った。普通に笑うし、普通に泣く……椿鬼にも、ちゃんと感情はあった」
玲央の言葉ひとつひとつが、あたしの胸に響く。
こんなこと言われたの、初めてだ。
「……今は、ね？」
あたしは自嘲気味にそう呟いた。
「今は？ ……前は違ったのか？」
そう言って不思議そうな顔をする玲央。
そんな玲央を見て、あたしは小さく微笑んだ。
……そう、前は違った。
覇王を抜けてから玲央たちと出会う前のあたしは、こんなに感情を表に出さなかった。
いや、出せなかったんだ……
仲間を裏切り、頼れる人たちもいない中で、あたしは必死に魁斗たちから逃げていた。
巻き込んでしまうことを恐れ、友達も作ることもできない。
次第に自分の中から"感情"が消えていくのがわかった。
というか、一人ぼっちでは感情を出す場面がなかったんだ。
でも…………

「あたし、玲央たちに出会えて良かった」
そう言って、あたしは玲央に笑いかける。
玲央は一瞬驚いた顔をしたがすぐに笑顔になり、それ以上あたしに深くは追及しなかった。
「ほら、そろそろ休憩終わっちゃう！　玲央は何か食べないの？」
少し暗くなってしまった空気を変えたくて、あたしは玲央に聞いた。
よく考えたら、さっきからあたしばっかり食べていて玲央は何も食べていないし。
「ん？　俺はいらね……クラスでいろいろ摘み食いしてたし」
涼しい顔で答える玲央。
商品を摘み食いするなんて……うちのクラスが赤字になったら、玲央のせいじゃん！
「それよりさ、おばけ屋敷行かね？」
白い目を向けるあたしに、玲央は話題を変えるように言った。
おばけ屋敷…………
「…………行かない」
俯きながら答えるあたし。
おばけ屋敷なんて絶対…………絶対行きたくない。
「美愛……もしかして怖いのか？」
あたしの反応を見て、ニヤニヤしながら聞いてきた玲央。
「こ、怖くないッ！」
なーんて強がってみるけど……実はあたし、幽霊とかマジで無理なんだよね。
人間とかなら、相手がたとえヤーさんだとしても物理的攻撃は当たるじゃん？
けど、幽霊は倒すのなんて無理だし……
倒せない相手ほど怖いものはない。

159

だからあたしは、幽霊とかそっち系が大の苦手なんだ。
まぁ、おばけ屋敷のおばけは人間だけれど。
でもやっぱり、おばけはちょっとね……
「き、休憩終わっちゃうから、そろそろ戻ろっ!」
あたしはそう言って、ニヤニヤ顔の玲央の腕を引っ張った。
「え～行きたかったのになぁ……」
わざとらしく口を尖らせる玲央。
あたしはそれには耳を貸さずに、急いでクラスに戻った……けど…………
あたしはふと足を止めた。
いや、足が止まったと言うほうが正しい。
「美愛……どうした?」
急に立ち止まったあたしに、不思議そうな顔をする玲央。
でも、あたしにはそんな玲央の問いに答えられる余裕はなかった。
「な……んで…………?」
そう言うのが精一杯のあたし。
目の前の光景に、目を疑った。
人混みの中に浮かぶ、紅と蒼の二つの頭。
色白で中性的な、同じ顔の二人の男。
すれ違った人は、彼らの纏う異質な雰囲気とその整った顔立ちに必ず振り返っていく。
何で……何であいつらがここにいるの…………?
「おい美愛、顔色悪いぞ……大丈夫か?」
玲央が心配そうにあたしの顔を覗き込んだ。
「玲央……逃げよう」
あたしはそう言って、玲央の返事も聞かずに走り出した。
「ちょ、美愛? 何なんだよ!?」
後ろで玲央が叫んでいるけど、あたしは気にせずにとにかく走

った。
走って走って、気が付けば職員室の前まで来ていたあたし。
そこで、ある可能性を考えたあたしは躊躇うことなくドアを開け、中を見回した。
用があるのはただ一人───香川潤平。
「……どういうことですか？」
奥の机に近付き、いつものようにタバコを吸っていた香川に、あたしは殺気を放ちながら聞いた。
「神崎……それに凰河？ …………何故ここに？」
あたしたちの突然の登場に、香川は目を見開いた。
「とぼけないで！ あなたが呼んだんでしょ……紅鬼と蒼鬼を」
あたしは香川に向かって怒鳴った。
紅鬼、蒼鬼───覇王四天王で、双子の兄弟。
赤い髪が兄の帝で、蒼い髪が弟の命。
二人とも、あたしの昔の仲間───あたしが裏切った仲間……

「紅鬼と蒼鬼だと!?」
あたしの言葉に、香川が困惑の表情を浮かべた。
…………香川が帝たちの侵入を知らない？
「……二人を呼んだのは、先生じゃないんですか？」
あたしが警戒しながら聞くと、香川は大きなため息をついた。
「……俺じゃない。いくら元覇王だからって、お前らを売るような真似はしねぇ」
「じゃあ何であの日、警察にタレ込んだんですか？ ……暁を潰すためじゃないんですか？」
あたしが勢いあまってそう言うと、隣で玲央が「どういうことだ？」と眉を吊り上げた。
「はぁ…………わかった。ちゃんと説明する……場所変えるぞ」
香川はため息をつくと、タバコを灰皿に押し付けて立ち上がっ

た。

職員室を出て香川に付いて行くと、生徒会室の前まで来て止まる香川。
「凰河、ここ借りるぞ」
香川はそう言ってドアを開けた。
「おい……紅鬼と蒼鬼って…………」
部屋に入った瞬間、玲央は今にも掴み掛かりそうな勢いで香川に詰め寄った。
「玲央も知ってるでしょ？　覇王四天王の…………」
香川の代わりにあたしが答えると、玲央は目を見開いた。
「四天王って……まさか双子の……」
「そう、鬼灯帝と鬼灯命……」
それぞれの実力も相当だけど、二人揃うと恐らく暁が纏めてかかっても勝てないだろう。
「そいつらを呼んだのは俺じゃねぇ……それに、確かにお前らの暴走をサツにタレ込んだが、それはお前らのためだ」
そう言って、香川は静かに話し始めた。
「あの日、俺はある情報を耳にした。……覇王に関してのことだ。凰河の誕生日暴走の時に、覇王が暁をぶっ潰そうとしてる、とな。俺はすぐに裏を取った。恐ろしかったよ……覇王総動員で潰しにかかろうとしていたんだから……」
だから、覇王より先に警察にタレ込んで、暴走を中止にした、と香川が続けた。
何で……何で覇王が暁を……
狙うなら、あたし一人を狙えばいいのに……関係ない暁まで巻き込むところだった。
「で、何でてめぇはそんな情報を持ってた？　いくら元覇王だからって、そんなに簡単に調べられることじゃねぇだろ」

玲央が警戒しながら聞くと、香川は信じられないことを口にした。
「俺が…………初代覇王総長だからだ」
えっ…………
どういうこと？
香川が初代覇王総長……？
「そんなこと……知らなかった…………」
「まぁ、かなり代が離れてるからな……知らなくて当然だろ」
驚きを隠せないあたしに、香川は少し笑った。
まさか、担任が覇王の先代だったなんて……
道理で、放つ殺気が半端ないわけだ……正直、あたしでさえ一瞬怯んでしまったんだから。
それに、今まであたしは先代に向かってタメ口だったなんて……なんて恐ろしいことをしてたんだろう。
「せ、先代とは知らず、失礼な態度をとってしまい申し訳ありません……」
あたしは慌てて香川に頭を下げた。
どこのチームだって、先代は敬うのが常識。
初代総長なら、なおさらだ。
「今さらかよ……つーか、俺らの代はまだそんなに強くなかったからな…………むしろお前らの方が上だよ」
そう言ってにやりと笑う香川。
先代にそんなこと言われても、結構複雑だ……
玲央はというと、理解しきれていないのか呆然と香川を見つめている。
「あの……じゃあ、何で最初から説明してくれなかったんですか？」
あたしは香川に恐る恐る聞いた。
最初から説明してくれれば、香川のことを疑ったりしなかった

のに……
「あぁ、そのことなんだが……」
香川の表情が変わった。
先程のような笑顔は消え、真剣な目付きになる香川。
それにつられて、あたしも顔を強（こわ）ばらせた。
玲央は間抜けな顔のままだけれど……
「多分、今日紅鬼と蒼鬼を呼んだのは、２Ｃの駕籠聖司という生徒だ」
駕籠聖司…………どこかで聞いたことがある名前だ。
っていうか、どうして一般生徒が紅鬼と蒼鬼を呼べたんだろう？
あの二人だって、無関係な人間に来いと言われて来るような、単純なやつらじゃない。
「駕籠聖司は一般生徒じゃねぇよ」
まるであたしの心を読んだかのような香川の言葉。
「どういうことだ⁉」
その香川の言葉に反応したのは、さっきまでぼーっとしていた玲央。
どうやら、やっと状況が飲み込めたみたい……
「駕籠は…………覇王の構成員だ」
「「ッ⁉」」
あまりの事実に、びっくりしすぎて声が出ない。
まさか、こんなに身近に覇王がいたなんて……
「マジかよ……」
隣で玲央が呟（つぶや）いた。
あたしも玲央と同じ気持ちだ。
桜学の生徒に、覇王がいたなんて考えもしなかった。
「駕籠聖司…………あっ！」
あたしが声を上げると、玲央と香川があたしに注目する。

「あたし、駕籠って人知ってる‼」
「は⁉　何でだよ？」
玲央が目を見開いてあたしを見た。
駕籠聖司……あたしは、この人と二回話したことがある。
一度目は職員室前の廊下で話し掛けられ、二度目は屋上で奇妙な会話をした。
今思えば、あたしと何の接点もない駕籠君があたしに関わってくること自体、おかしかったんだ。
まして、あたしは暁とも関わってるから、一般生徒からすればむしろ関わりたくない存在。
「駕籠君が……覇王…………」
納得できない点もあるけれど、香川が言うんだからきっと本当のことだ。
それに、駕籠君が覇王だとすれば、あたしに関わってきたのも説明がつく。
…………覇王として、あたしを狙っていたんだ。
「俺は駕籠に口止めされていた…………覇王初代総長っつーことをバラされたくなければ、余計なことはするな、と」
香川が自嘲気味に言った。
香川の話から推測すると、"余計なことをするな"とは、恐らくあたしに余計な助言をするな、という意味だろう。
香川の存在が、覇王にとって邪魔だったんだ……
「くそ……清水といい駕籠といい、俺らは把握しきれてなかったっつーことかよ……」
玲央が悔しそうに呟いた。
確かに、普通暁ほどの規模のチームなら、自分の学校の生徒がどこのチームに所属しているかは、大体は把握できるはず……
小規模なチームはともかく、羅利や覇王レベルのチームならなおさらだ。

「清水は知らねぇが、駕籠は覇王が裏でうまく隠してたんだろう」
香川が玲央に言った。
確かに、覇王ならそれくらいの情報操作は簡単にやれるだろう。
「恐らく駕籠は、神崎や暁の行動を覇王側に伝える、スパイのような存在…………」
「その通りですよ」
香川の言葉を肯定して、一人の男が静かに生徒会室に入ってきた。
「噂をすれば、何とやらってか？」
男を見ながら、鼻で笑う玲央。
「……お前、マジで盗み聞きが趣味だったのか？」
香川がため息をつきながら、壁に寄りかかる。
あたしは何も言わずに、その人物———駕籠聖司を見ていた。
「あれ？　驚かないんですね」
駕籠君が不思議そうにあたしたちを見る。
「フッ、俺たちを誰だと思ってる？　……てめぇの気配くらい、とっくに気付いてんだよ」
玲央が殺気を放ちながら、駕籠君を睨んだ。
「そうでしたか……さすがですね。
では、こちらの気配にも気付きましたか？」
そう言って、意味あり気に笑う駕籠君。
———ゾクッ
途端、背筋に寒気が走る。
ヤバい、この殺気は…………
「紅鬼と蒼鬼が来る！」
あたしが叫んだと同時に、音もなく二つの影が教室内に入ってきた。

────香川side────

「こちらの気配には気付きましたか？」
駕籠が意味あり気に笑ったと同時に、部屋の空気がガラリと変わった。
俺が現役の頃でも感じたことのない、凄まじい殺気。
「紅鬼と蒼鬼が来る！」
神崎がそう叫んだ。
紅鬼と蒼鬼⁉
クソッ、これが四天王の…………
俺が考え終わる前にドアが開き、紅髪と蒼髪の瓜二つの二人の男が入ってきた。
「やぁ、久しぶりだね、美愛…………いや、椿鬼」
紅鬼がにっこりと笑いながら、神崎に言った。
いや、口元は笑っているが目は全く笑っていない。
「さっき美愛のこと見つけたのに、美愛ったら僕たちのこと見たら逃げちゃうんだもん」
口を尖らせながら言う蒼鬼。
神崎はそれを黙って聞いている。
「美愛、暁と仲良いらしいね？」
「仲良くして、また裏切るの？　…………僕たちの時みたいに」
「僕たちは美愛のことを信じてた」
「信じてたのに、裏切られた」
同じ顔の双子が、代わる代わる喋った。
神崎が唇を噛み締めながら下を向く。
「おい、てめぇらいい加減にしろ！」
颯河が怒りで顔を歪めながら怒鳴った。
「フッ……君たちも気をつけた方がいいよ？」

「椿鬼に裏切られる前に、ね」
怒りを露わにする凰河を物ともせず、逆に挑発するかのような二人。
「…………駕籠、どういうつもりだ？」
俺は駕籠に視線を移した。
「どういうつもりだ、と聞かれましても…………まぁ、今日は挨拶に来た、とだけ言っておきましょうか」
ニヤリと笑って答えた駕籠。
これが挨拶だと？
「そりゃ、ご丁寧にどうも。ま、これを挨拶と呼ぶ奴の顔が見てみたいところだがな……」
嫌味たっぷりに言い返してやる俺。
少々大人げないが、仕方ない。
「暁には…………手を出さないで…………」
不意に、今まで黙っていた神崎が小さく呟いた。
「ん？　何か言った、美愛？」
「声が小さくて、よく聞こえなかったんだけど」
首を傾げながら神崎を見る双子。
…………こいつら、一人ずつ会話できねぇのかよ？
一人が答えれば、必ず片割れも会話を続ける……面倒臭ぇやつらだ。
「暁は関係ない…………恨むなら、あたし一人を恨めばいいでしょ？」
絞り出したような声で、神崎が言った。
血が出るんじゃないかってくらいに、強く唇を噛み締めている。
「うーん、そう言われてもねぇ……」
「皇帝の命令だからなぁ……」
妖しげな笑みを浮かべ、双子が顔を見合わせた。
「魁斗の……命令…………？」

眉間にシワを寄せ、神崎が呟く。
皇帝……魁斗……覇王の総長のことか。
「まぁ、魁斗だけの意志じゃあないけどね？」
紅鬼が付け足すように言った。
つまり、こいつら自身の意志もあって今日ここに来たっつーわけか……
「先程も言ったように、今日は単なる挨拶ですので……そろそろ引かせてもらいますね」
今までのやり取りを見ていた駕籠が、微笑みながら言った。
「は？　逃げんのかよ？」
それを聞いた凰河が、吐き捨てるように呟く。
その瞬間、蒼鬼が動いたかと思うと凰河に向かって拳を突き出した。
蒼鬼の拳を、半身になってギリギリで避けた凰河。
今のパンチに反応できるとは…………さすが、とも言うべきか。
「お前さ、勘違いすんじゃねぇよ？」
避けられたにもかかわらず、蒼鬼は楽しそうに笑いながら口を開いた。
「誰がお前らから逃げるかよ。
僕らは"命令"に従うだけだ」
同じように笑いながら、紅鬼が続けた。
「そんなに急がなくても、近々覇王の実力を知ることになると思いますから心配しないでください」
「どういうことッ!?」
駕籠の言葉に、神崎が反応する。
「抗争…………かもしれませんね？」
わざとらしく曖昧に答える駕籠。
覇王と抗争なんかすれば、暁はひとたまりもないだろう。
数も実力も、覇王の方が遥かに上回っている。

「では、僕たちはこれで失礼します」
そう言うと、駕籠たち三人は生徒会室から出て行こうとした。
「…………待って」
しかしそれを引き止めたのは、悔しそうに顔を歪めている神崎だった。
「最後に一つ教えて」
「何ですか？」
真剣な表情の神崎とは打って変わって、余裕の笑みをこぼす駕籠。
「覇王なのに、あたしはあなたのことを知らなかった…………あなたは何者？」
神崎が駕籠の目を見ながら言った。
確かに、俺もそれは気になっていた。
いくら駕籠がただの構成員だったとしても、神崎が全く気付かなかったというのはおかしい。
風河たちならまだしも、神崎は元四天王なのだ。
「あぁ、そんなことですか……」
神崎の問いに、何てことないように駕籠が答える。
「簡単ですよ。…………僕が覇王に入ったのは、あなたが――――椿鬼が覇王を抜けてからですから」
「あたしが覇王を抜けてから……？」
駕籠の言葉に、目を見開く神崎。
「まぁ正確には"椿鬼が抜けたから"ですかね」
ニヤリと笑いながら、駕籠が言った。
神崎が覇王を抜けたから、駕籠が覇王に入った……つまり……
「椿鬼の監視役っつーわけか」
俺が呟くと、駕籠は妖しげに笑う。
それは、俺の言葉の肯定を意味していた。
「納得していただけましたか？」

駕籠の言葉に、神崎は悔しそうに唇を噛み締めた。
「では、今度こそ失礼しますね。次に会えるのを、楽しみにしてますよ…………凰河君」
駕籠は凰河に向かって、挑発するように言った。
凰河は一瞬眉を吊り上げたが、小さく舌打ちして顔を逸らす。
「……玲央があんたたちに会うことは、もうない。もしあんたたちが抗争を仕掛けてきたら…………あたしが相手になる」
その時、そう言って神崎が凰河と駕籠の間に割って入った。
背を向けていてもわかる程の、尋常じゃない殺気…………おそらく、神崎は今かなり怒っているんだろう。
「フッ…………覇王相手に、一人でですか？」
そんな神崎を見て、鼻で笑う駕籠。
しかしその後ろでは、紅鬼と蒼鬼が複雑そうな顔をしていた。
…………何故、そんな顔をする？
確か、紅鬼と蒼鬼はこの世界の中でもクレイジーと言われている存在。
つまり好戦的な性格で、喧嘩では相手を病院送りは当たり前、時に半殺しにまでしてしまう。
そんな奴らが、関東トップの実力を持つ暁とやり合えることを喜ばないはずはないのに……
やはり、昔の仲間である神崎がいるからか？
でも、神崎のことを気にかける気持ちがあるなら、何故今日わざわざここに来た？
…………わからねぇ。
考えれば考えるほど、深みにはまっていく感覚に陥る。
「フッ……まぁ良いですよ。相手が誰であろうと、僕には関係ありませんから」
そう言って、駕籠は不敵に笑いながら部屋から出て行った。
双子も、無表情でそのあとに続く。

「あたしのせいだ…………」
駕籠たちが出て行った後を見たまま、神崎が呟いた。
「あたしのせいで、覇王と抗争が起こる…………あたしは暁に迷惑ばかり掛けてる…………」
力なく床に座り込む神崎。
その弱々しい姿は、先程まで尋常じゃない殺気を放っていた人物と同一人物とはとても思えない。
「お前のせいじゃねぇよ。それに…………」
神崎とは打って変わって明るい声色の風河は、口角を上げながら言った。
「覇王に喧嘩売られたからって、俺らが負けたと決まったわけじゃねぇだろ？」
「えっ…………」
風河の言葉に、困惑の表情を浮かべる神崎。
「だーかーらー、俺らは負けねぇっつーの！」
神崎の頭をくしゃっと撫でながら、風河が笑った。
「玲央…………そうだね。暁は負けないか」
風河の言葉で少しだけ笑顔を取り戻した神崎は、風河に腕を引かれて立ち上がった。
「…………覇王の動きは、俺がチェックしておく。お前らは戦いに備えておけ」
俺が言うと二人が同時に頷く。
神崎は風河に任せるとして、俺はとりあえず覇王の動きを把握しておく必要がある。
もちろん暁が負けるとは思っていないが、最悪の場合も想定して準備しなければならないこともあるしな……
「とりあえず教室に戻って、叶多たちに話さなきゃ」
「そうだな……じゃあ香川、悪いが覇王のことは……頼んだ」
風河が申し訳なさそうに言ったのを、俺は「任せとけ」と答え

てニヤリと笑う。
そんな俺を見て、神崎と凰河は一緒に部屋から出て行った。

「さて……とにかく覇王の情報か……」
一人部屋に残った俺は、小さく呟きポケットからケータイを取り出す。
―――プルルルルプルルルルプルルルル……
『……ジュン？』
5コール目で、相手が電話に出た。
声から察するに、若干不機嫌のようだ。
だが、俺はそんなことは気にしない。
「よぅ雅貴。お前に調べてほしいことがある」
『…………お前、久々に連絡寄越したかと思えばいきなり頼みごとかよ？』
電話の相手……雅貴は、心底呆れたように言った。
東雲雅貴―――初代覇王幹部で、俺と一緒に覇王を作った仲間の一人だ。
雅貴は幹部の中で情報係をやっていて、今は当時のハッキング技術を生かして情報屋をやっている。
まぁポジション的には、今の暁の桜木と同じだな。
「悪いな。今いろいろと急いでて、思い出話してる暇ねぇんだわ」
俺が言うと、ケータイの中から雅貴のため息が聞こえてきた。
『ったく、ジュンは相変わらずだな…………で、用件は？』
さすが、切り替えの早い雅貴に感心する。
「あぁ、できるだけ詳しく調べてほしいんだ…………今の覇王について」
『…………今の覇王について？』
俺の言葉に雅貴が眉をひそめているのが、電話越しからも伝わ

ってきた。
「あぁ……いろいろあって、俺んとこの生徒が覇王に喧嘩売られてな」
俺が言うと、雅貴はさらに深くため息をつく。
『はぁ……正直後輩を売るようなことはしたくないが、相手がジュンだからな……わかったよ』
渋々了承してくれた雅貴。
やっぱり、いつもこいつは頼りになる。
「ありがとな。そりゃ俺だって後輩と敵同士になるのは複雑だが……龍太と約束したから。生徒を守ってやれる教師になる、ってな」
『龍太、か…………』
俺が龍太の名前を出した途端、雅貴は黙り込んでしまった。
そう、俺は龍太と約束した———いつか必ず、生徒に信頼される教師になることを。
いや、約束というよりは龍太の代わりに教師になる、というほうが正しい。
あいつの夢を……龍太の、もう永遠に叶うことのない夢を、俺が代わりに叶えているんだ。
「じゃ、雅貴頼んだぞ」
沈黙に耐えきれず、そう言って俺は電話を切った。
はぁ……龍太の話になると、どうしても暗くなっちまうな………
龍太は、雅貴と同じく覇王初代幹部……副総長だった。
しかし、龍太はもうこの世にはいない。
龍太が死んでからもう７年も経つっていうのに、未だに龍太がひょっこり帰って来るのではないか、と錯覚してしまうのは、それだけ俺たちにとって龍太の存在が大きかったからだろうか？

「なぁ龍太、俺は間違ってないよな？」
誰もいない部屋で一人、そう呟く俺。
もちろん応えなんて返ってくるはずはないが……
　————ジュンは、きっと良い教師になれるよ。
龍太の最期の言葉が、俺の頭の中に響いた。
「フッ………俺なんかよりも、龍太のほうがずっと教師に向いてんだろ」
自嘲気味にそう言い、俺は静かに目を閉じた。
瞼の裏に浮かぶのは、はにかみながら笑う龍太の顔。
笑った時にできる目尻のシワは龍太を幼く見せ、一見族には見えない風貌だった龍太。
もし龍太が生きていたら、俺は今何をやっていたんだろうな？
雅貴のように、裏の世界で生きていたんだろうか？
「………行くか」
俺はそう呟くと閉じていた目を開け、勢いよく部屋を出た。
今は、俺がやるべきことをやろう。
きっと龍太も、そう望んでいるはずだから……

————香川side END————

## 決意

生徒会室から教室に戻ったあたしと玲央は、叶多たち三人を探した。
……しかし三人を見つける前に、クラスの女の子たちに捕まるあたし。
「ちょっと神崎さん、とっくに休憩時間過ぎてるわよ！」
「うちのNo.1なんだから、もっとしっかりしてよね！」
あたしは物凄い形相で怒られ、そのままトイレへと引っ張られていく。
「ちょ、玲央助けて〜！」
あたしの叫びも虚しく、どんどん玲央との距離は広がっていく……
くっそ〜、玲央のやつあたしのこと見捨てた！
口パクで"頑張れ"と言ってる玲央を見ながら、あたしは女の子たちに連行されて行った。

＊＊＊

それからおよそ三時間後。
「…………死ぬ」
生徒会室のソファに崩れ落ちるように座るあたし。
「美愛ちゃん、お疲れ様」
そう言って、叶多が冷たいウーロン茶を出してくれた。

あたしはそれを一気に飲み干す。
「うぅ…………明日もこれやるの？」
涙目で弱音を吐くあたしを、「優勝のためだ！」と突き放す天馬。
天馬は明日も、あたしを指名したお客さんにガンを飛ばし続けるつもりだろうか…………？
「おい、それより覇王はどうなったんだ？」
あたしたちのやり取りを見ながら、空夜が少しイライラしながら口を開いた。
そうだよ！
キャバクラのことより、今は覇王のことが最優先だ。
「まぁさっき話した通り、覇王の動きについては香川が調べてくれてる」
玲央がみんなを見回しながら言った。
どうやらあたしがキャバ嬢として接客している間に、大体の内容は玲央が伝えてくれたみたい……
「クソッ、俺たちはただ待ってるだけかよッ」
天馬が悔しそうに拳(こぶし)を握りしめた。
「んー、簡単にどうにかなる相手じゃないからね……」
小さくため息をつく叶多。
「……俺のほうでも調べてみる」
そう言って空夜はノートパソコンを取り出すと、キーボードを叩き始めた。
あたしも頭をフル回転させて、必死に策を考える。
格上の覇王を相手に、真っ向勝負なんてしたら自爆するようなもの。
かといって、暁に勝機がないわけでもない。
力で勝てないんなら、頭でカバーすれば良い。
つまり、緻密(ちみつ)な策を練ればいいんだ……けど…………

「あーもう、どうすりゃ良いんだよ!?」
真っ先に考えることを放棄したのは、気が短い天馬。
赤髪をくしゃくしゃにしながら、頭をかきむしっている。
「皇帝と四天王……一人ずつでも強ぇのに、纏まられたら敵わねぇよ」
そう言ってソファに体を投げ出した天馬は、珍しく弱気だった。
その後、結局これといった策は出ず、また空夜も役立つ情報を見つけることはできなかった。
みんなはこの後溜まり場に行くらしかったけど、あたしは一人で考えたいこともあったため、玲央に家まで送ってもらった。
そして現在、お風呂に入りながら頭の中を整理中。
「ふあー…………どうすれば良いのかな…………」
顎まで湯船に浸かり、目を閉じながら考えるあたし。
今は違うといえど、魁斗たちはかつて一緒に闘ってきた仲間。
できることなら闘いは避けたい、と言うのが本音だ。
「うぅ……お互いに闘わずにすむ方法…………」
ブクブクと鼻までお湯に沈むあたし。
息を吐き出す度に水面で泡がはじける。
泡はたくさん出てくるけれど、良い考えは全く出てこない……
「プハッ……結局あたしは、周りに迷惑をかけることしかできないのかな……?」
お風呂場のため、少々エコーのかかった声が響く。
「あたしにできることは…………みんなを信じること、か……」
そう、あたしはみんなを信じる。
……時々思うんだ。
覇王を裏切った時、あたしが魁斗たちに事情を話していれば……
………そうすれば、こんなことにならなかったんじゃないかって。
魁斗たちを信じていれば。

覇王を信じていれば。
……後悔だって、もちろんした。
もう同じように後悔なんてしたくないから。
だから、暁を信じよう。
きっと…………きっと大丈夫だよね？
お風呂から上がり、濡れた髪をタオルで拭きながらリビングのソファに座る。
誰もいない部屋には、壁に掛かった時計の秒針の音だけが響いている。
ちなみにあたしは、マンションの5階に一人暮らし。
両親は、あたしが中1のときに交通事故で死んだ。
まぁ、それがきっかけであたしは族の世界に入ったんだけど。
本当は二つ年上の兄がいるけれど、色々あってもう随分長い間会っていないし、会おうとも思わない。
「うーん、もう寝ようかな…………」
あたしは、ソファで欠伸をしながら時計を見る。
6時半か…………
ちょっと早いけれど、明日もきっと忙しいだろうし。
うん、寝よう。
そう決めたあたしは、ソファから立ち上がり寝室へと向かった。

この時、あたしは何も知らなかった―――溜まり場で玲央たちが、ある決断をしたことに…………

────玲央side────

美愛を家まで送った俺は、そのまま溜まり場までバイクを走らせた。
倉庫に着き中へ入った俺は、挨拶(あいさつ)をしてくる構成員たちを軽くあしらいながら、幹部室へと一直線に向かう。

────ガチャッ
幹部室のドアを開けると、叶多たちがソファに座り深刻そうな顔をしていた。
「玲央…………どうする？」
こちらを見ずに、膝の上で手を組みながら聞いてくる叶多。
俺は無言で三人のところまで歩き、空夜の隣に腰掛けながら口を開いた。
「…………いろいろ考えたんだ。そして、俺は決めた」
三人が俺に注目する。
そう、俺は明日あることをしようと決めていた。
……それは、自分でも無謀だと感じること。
「俺は明日…………覇王の皇帝に会ってくる」
全員が目を見開き、そしてそれは次第に困惑の表情へと変わった。
「それは…………暁から抗争を仕掛けるってことか？」
天馬が眉を顰(ひそ)めながら言った。
「いや、暁としてじゃない。俺が個人的に、だ」
俺が答えると、三人はさらに目を見開く。
「どういうことだよ!?」
声を荒げる天馬に、「そのままの意味だ」と静かに答える俺。
「…………本気か？」
「あぁ……もう決めたんだ」

空夜の問いに、微笑みながら俺が答えた。
そう、俺はもう決めた。
無謀かもしれないが、皇帝に直接会ってもう美愛から手を引いてくれるよう、説得しに行く。
たとえどんなにリスクがあろうと、美愛のためならなんだってやる。
……しかし、そんな俺の私情のせいでチームまで巻き込むわけにはいかない。
だから俺は、暁としてじゃなくて、風河玲央として皇帝に会うんだ。
「なぁ玲央、お前…………」
今まで黙っていた叶多が、静かに口を開いた。
「お前らが止めても、俺は絶対に…………」
「まさか一人で行く、とか言わないよな？」
…………は？
俺は驚いて叶多を見る。
てっきり反対されると思ってた俺は、予想外の叶多の言葉に間抜けな顔になってしまった。
「そうだぞ、玲央！　俺たちに留守番してろ、なんて言ったら、ぶっ飛ばすかんな！」
天馬が腕組みしながら言う。
「……ま、もしお前が止めたとしても、付いてくけどな」
メガネを中指で押し上げる、という知的な仕草をしながら、フッと笑う空夜。
「お前ら…………サンキュ……」
俺は、込み上げてくる熱いものを堪（こら）えながら、小さく呟（つぶや）いた。
本音を言えば、俺は一人で皇帝のもとへと行こうとしていた。
……危険な目に遭（あ）うのは目に見えていたから。
なのに、こいつらは俺を止めるどころか、自分達も付いて行く

181

と言いやがった。
……やっぱりこいつらは最高だ。
俺は、こいつらと出会えて本当に良かったと心から思う。
「明日、全てを終わらせる。
そして必ず美愛を救う…………」
俺が言うと、三人は同時に頷いた。
「ははっ、何にも言わずに明日サボったら、美愛怒るかな？」
天馬がニヤリと笑いながら言った。
「そりゃ怒るだろ」
そうつまらなそうに答える空夜。
「あは、なんか美愛ちゃんに悪いことしちゃうね」
にっこりと笑顔で言う叶多は、そう言っておきながらもちっとも悪びれた様子はなかった。
美愛には悪いが、このことを知らせるわけにはいかない。
もし美愛に話せば、俺たちを止めるか、自分も付いていくと言うに決まっている。
もしかしたら、俺たちに黙って一人で行こうとするかもしれない。
…………そんなことはさせない。
美愛は……暁姫は、俺たちが守るんだ。
「明日、か…………」
俺はそう小さく呟き、窓の外を見る。
綺麗な夕焼けで、空がオレンジに染まっていた。

明日、覇王との決着がつく…………

———玲央side END———

# 暁×椿鬼×覇王
T S U B A K I

憂鬱だぁ…………
朝、校門の前で大きなため息をつくあたし。
「はぁ……でも、今日さえ乗り切って優勝できたら、遊園地だもんね!」
あたしはそう思い直し、意を決して装飾された校門をくぐった。
今日は珍しくあたし一人で登校なんだよね。
いつもなら玲央がバイクで迎えに来てくれるんだけど……
今朝ケータイを見たら、"悪い、今日迎えに行けない"って玲央からメールが来ていた。
風邪でも引いたのかな?　なーんて、この時のあたしは軽くしか考えていなかった。
まさか玲央たちが、魁斗の所へ向かっているとも知らずに……
―――ガラガラガラ
教室のドアを開けると、既に半数以上の生徒が登校して準備をしていた。
…………朝からこんなに出席率が良いの、初めて見たな。
そんなことを考えていたら、前から数匹のパンダ……もとい数人の女の子があたしに向かって突進してきた。
「神崎さん!　今日は一日頑張ってもらうわよ!」
女の子たちはそう言って、あたしを物凄い勢いで拉致る。
「ちょ、待って……ってか一日ぃ!?」
あたしの叫び声と共に、お決まりのトイレへとあたしは連行さ

れて行った…………

＊＊＊

「ご指名ありがとうございま～す♪」
そう言いながら、あたしは客の隣に座る。
この台詞、今日何回目だろう……？
いい加減、作り笑いも疲れてきたし。
「うわ～、めっちゃ可愛い♪」
客の男は、ニヤニヤしながらあからさまにあたしに近づいてくる。
「そんなことないですよぉ～。注文何にします？」
さりげなーく距離を置きながら、あたしは男にメニューを押しつけた。
「じゃあ、俺アイスティー」
「俺も～」
よし、早いとこ注文させて、とっとと帰ってもらおう。
そんなことを目論みながら、あたしはボーイを呼んだ。
「アイスティー２つと、ミルクティー１つ。……できる限り急いでね」
やってきたボーイに手早く注文し、最後に小声で急かすあたし。
金髪のボーイ君は、注文をぶつぶつと繰り返しながら奥へと消えて行った。
「はぁ……やっぱり玲央じゃないか…………」
席に着きながら、あたしは小さくため息をつく。
もうお昼近いのに、玲央たちはまだ学校に来ていなかった。
一人ならまだしも、全員が風邪なわけないし……
「ねぇアミちゃん、メアド教えてよ～」
男があたしの腰に手を回しながら言い寄ってくる。

…………ウザいキモい近寄んな！
まぁそんなことを口に出せるわけなくて、あたしは笑って誤魔化した。
昨日は玲央や天馬が睨みを効かせてくれたおかげで、客のボディータッチなんかなかったけれど……
今日は二人ともいない……つまりナンパされ放題のあたし。
……お願いだから、早く学校来てよ、玲央！
「おまたせしました。アイスティー２つとレモンティーっす」
そうこうしてるうちに、金髪ボーイ君が戻って来たけど…………
「……あたしが頼んだのは、ミルクティーなんだけど？」
白い目を向けるあたしに、「あれ、そうだっけ？」と頭を掻く金髪。
ダメだ、使えない…………
それからもあたしは何組かの客の相手をしたけれど、玲央たちが来ることはなかった。
暇を見つけてはメールしたり電話を掛けてみたりもした。
でも、玲央から返信が来ることも、玲央が電話に出ることもなかった……
玲央がダメなら！　と、叶多や空夜に掛けても同じ。
「何で……何かあったの……？」
時間が経つにつれ、あたしの中で不安が大きくなっていく。
「お願いだから、電話出てよ…………」
祈るようにケータイを握りしめていたとき、"アミちゃん指名入りました〜"というボーイの声がした。
「はーい……」
あたしはやる気のない返事をして、ボーイに言われたテーブルへ向かった。
「ご指名ありがとうございま…………」

185

席に座っている客の顔を見て、あたしは目を見開く。
「あたしに何か用？　…………駕籠君」
あたしが聞くと、客……駕籠君はにやりと笑った。
「そんな露骨に嫌な顔しなくてもいいじゃないですか。
……今はただの客、ですよ？」
"客"の部分を強調して、駕籠君が言った。
「わざわざあたしを指名しといて、ただの客？」
あたしが嫌味たっぷりに言うと、駕籠君が苦笑した。
「最初に言ったはずですよ？
……僕はあなたに興味がある、とね」
駕籠君は笑いながら「メニュー見せてもらえますか？」と続けた。
「あなたのあたしに対する"興味"は、あたしが椿鬼だから、でしょ？」
そう言って、駕籠君にメニューを投げ渡すあたし。
「……扱い酷くないですか？」
「そう？　別に相手が駕籠君だからって、雑な扱いしてるわけじゃないから。あ！　あたしはケーキセットね」
「…………」
あたしの態度に、顔を引きつらせながら黙ってしまった駕籠君。
……良い気味だ。
「じゃあ僕は……オレンジジュースをください」
駕籠君がメニューをあたしに返しながら言った。
なんか、駕籠君がオレンジジュースとか似合わない……なんて思いながら、あたしはボーイに注文を言いつける。
ボーイがさっきと同じ金髪君だったから、注文に念を押しておいた。
「そうそう、今日は神崎さんに面白い話を教えに来たんですよ」

あたしが席に座ると、駕籠君がにっこりと笑いながら言った。
「……面白い話？」
あたしが眉間にシワを寄せながら駕籠君を見ると、駕籠君が頷いた。
「まぁ話というか、噂というか……」
そう言うと、駕籠君はクスクスと笑いながらメガネを押し上げる。
「暁の幹部たちの話なんですけどね？」
「……どういうことッ!?」
駕籠君の言葉に、あたしは思わず立ち上がった。
さっきの不安が再び大きくなり、あたしは駕籠君に殺気を放つ。
「そこまで殺気を出さなくても良いじゃないですか……そんなに彼らが心配ですか？」
あたしの出す殺気に怯むことなく、駕籠君は平然として言った。
「焦らないで、さっさと話して」
駕籠君の態度に苛立ちながら、あたしはさらに殺気を強めた。
「……この殺気、さすがですね。まぁそんなに急かさなくても、ちゃんと話しますよ」
そして、この後に続けられた駕籠君の言葉に、あたしは耳を疑った。
「何故、今日暁の幹部が学校に来ていないと思いますか？」
「…………あなたは知ってるの？」
あたしが聞くと、駕籠君はニヤリと笑った。
「今頃、皇帝と会ってるんじゃないですかねぇ？」
…………皇帝？
こいつ、何言ってんの？
玲央たちが皇帝と会っている？
「意味が分からないんだけど」
あたしは、高鳴る鼓動を抑えて平静を装いながら聞いた。

「意味が分からない、ですか。なら教えましょう……風河君たちは、交渉に行ったんです。……皇帝に、ね」
玲央たちが魁斗に交渉に行った？
ますます意味が分からない。
いや、分かりたくない……
「フッ…………美しいですねぇ。我が身を犠牲にしてまで大切な人を守ろうとする精神……本当、憎いくらい美しいです」
あたしに追い討ちをかけるように、駕籠君は妖艶に笑った。
「…………どういう意味よ？」
「そのままの意味ですよ？
風河君たちは皇帝に、あなたから手を引いてもらうよう頼みに行ったんです」
駕籠君の言葉に、あたしは全身から力が抜けた。
「うそ…………そんなの嘘！」
あたしは思わずそう叫んだ。
信じたくない……あたしのせいで…………
「神崎さんのせいで、暁は終わるかもしれない……」
駕籠君の言葉が、あたしの頭の中に響く。


あたしのせいで暁が終わる
あたしのせいであかつきがおわる
アタシノセイデアカツキガオワル


「さて、どうしますか？　神崎さん……いえ、椿鬼」
その言葉に、あたしはゆっくりと顔を上げた。
「全てあたしが終わらせる。絶対に…………」
そう言って、あたしは立ち上がる。
もう迷いなんてない。
あたしが原因なら、あたしが終わらせなきゃいけないんだ。

今日で椿鬼の名前を…………消す。

「お待たせしました〜ケーキセットとオレンジジュースで………
……」
————ガシャーン
何ともタイミング悪く入って来た金髪君は、あたしと視線が合った途端気絶した。
どうやらあたし、かなりの殺気を出してたみたい…………
「…………クッ」
隣を見ると、駕籠君が苦しそうに肩で息をしていた。
「フッ……さすがです。この僕が殺気に当てられるなんて……」
そう言ってぎこちなく笑う駕籠君を見て、あたしはゆっくりと口を開いた。
「あなたは何者？　いくら強いとはいえ、覇王に入ったばかりで四天王に近付けるなんて……」
そう、駕籠君が紅鬼と蒼鬼を連れて来た時から疑問に思っていた。
入ったばかりで、覇王の幹部である四天王に近付けるなんて普通はありえない……
構成員は、四天王の姿さえ見ることもできないくらいなのに。
「まぁ、こっちの世界では少々名が知れてまして…………"死神"は知っていますか？」
死神……？
知ってるも何も、族で知らない人はいないくらい有名だ。
死神————冷酷で感情を持たないと言われ、その実力は覇王の四天王に並ぶとも言われている。
確かどこのチームにも属していない、一匹狼のはずだけど……
……
「まぁ色々ありまして、今は期間限定で覇王にいます」

にっこりと微笑む駕籠君。
何があったのかは知らないけれど、死神と聞いて納得。
道理で、気配を消すのもうまいわけだ。
「……最後に一つ、聞いても良い？」
「何でしょう？」
駕籠君の返事を聞いて、あたしはそっと口を開いた。
「どうしてあたしに、玲央たちのことを教えてくれたの？」
期間限定とはいえ、一応駕籠君は覇王。
あたしに教えれば、あたしが覇王のところへ乗り込みに行くのはわかっているはず。
…………まぁそれが目的なのかもしれないけど。
あたしが駕籠君の顔を見つめていると、駕籠君がクスッと笑った。
「何故……でしょうね。別に皇帝の命令ではないのですが………」
そう言って少し考える駕籠君。
魁斗の命令じゃないってことは、あたしを覇王に向かわせることが目的じゃない…………
じゃあ何故…………？
「単なる気紛(きまぐ)れ、ですかね？」
「はぁ!?」
駕籠君の答えに、あたしは思わずずっこけた。
単なる気紛れって…………そんなんで勝手に行動してもいいわけ？
「まぁ、何もしないよりも面白くなりそうだったので」
そう言って、あたしの目の前にいる死神が笑った。
「面白い、か……いいわ、その期待に応えてあげる」
あたしはそう言って、すくっと立ち上がる。
そして、そのまま教室を飛び出した。

後ろからクラスの子たちの呼ぶ声が聞こえてくるけど、そんなこと気にしていられない。
絶対……絶対あたしが暁を守って見せる…………
「クスッ……神崎さんは、やはり面白い人です。だから、僕はあなたに興味がある……」
あたしが教室を出た後を見つめながら死神がそう呟いたことを、あたしは知る由もなかった…………


…………どうしよう
人混みを掻き分けながら、あたしは考えていた。
駕籠君に啖呵を切り教室を飛び出したのはいいけど、何も考えてなかったんだよね…………
覇王の溜まり場に行こうにも、アシがない。
ここからじゃ、とても歩いて行ける距離じゃないし…………
「んー……バイクパクる？　いや、そんなことはダメだ……」
さっきからこの調子で一人でノリツッコミしてるあたしは、周りから大分痛い目で見られている。
「う゛〜どうすれば……あっ！」
良いこと思いついた！
事情を分かってくれて、なおかつ覇王の溜まり場を知ってるマイカー持ってる人物。
「香川せんせぇ〜！」
あたしは職員室のドアを力一杯開け、大声でその人物———香川潤平を呼んだ。
「……てめぇ、俺への嫌がらせか？」
職員室にいた先生たちから何事かと注目を集めた香川が、恨めしそうにあたしを見て言った。
「あ、すいません……ってそれどころじゃないんです！」
あたしはそう言って、香川を職員室の外に引っ張り出す。

「おい、何なんだよ？」
ぶつぶつ文句を言う香川を無視して、あたしは図書室に入った。
図書室に入ると、あたしは周りに誰もいないのを確認して、静かに口を開く。
「あたしを、覇王の溜まり場に連れて行ってほしいんです」
突然のあたしの申し出に、目を見開く香川。
そりゃ、今まで関わろうとしなかったあたしが、いきなり覇王の溜まり場に行きたい、なんて言ったら、びっくりするよね…………
「お願いします！　玲央たちが危ないんですっ！」
まぁ香川には悪いが、今はそんな悠長にしてる場合じゃない。
とにかく急がないと…………
「よく分からねぇが…………わかった、ついて来い」
さすが覇王初代総長だけあって、理解が早くて助かる。
あたしは、香川の後に続いて図書室を出た。


「ほら、乗れよ」
学校の教員用の駐車場。
そこに停めてあった一台の車の前で、香川が言った。
シルバーの外国車で、フロントガラスの内側に"触れたら殺す"と書かれた貼り紙が一枚。
「……これ、先生の車だったんですね」
あたしが言うと、香川は「悪いか？」と眉を吊り上げた。
いや悪くはないけどさ、殺すって…………
まぁそんなことは口が裂けても言えないので、笑って誤魔化すあたし。
それを見た香川は怪訝そうな顔をしながらも車に乗り込んだので、あたしも慌ててそれに続く。
そして、車は覇王の溜まり場に向けて走りだした。

「……で、何があったんだ?」
車を運転しながら、香川があたしに聞いてきた。
「あたしも詳しくはわからないけど…………
玲央たちが魁斗に……皇帝に会いに行ったらしいんです」
あたしが答えると、香川は眉をひそめた。
「凰河たちが皇帝に? 何のために?」
「今日駕籠君があたしのところに来て言ってたんです……あたしから手を引くように、魁斗たちを説得しに行った、って」
あたしはそう言いながら、小さく俯いた。
そう、あたしがいけないんだ。
もし玲央たちに何かあれば、全部あたしのせい…………
あたしが関わったせいで、玲央たちを巻き込んでしまった………
……
「なぁ神崎?」
あたしが俯いていると、不意に香川が声をかけてきた。
「お前今、"自分のせいだ"って思ってんじゃねぇだろうな?」
「えっ……?」
おどろいて顔を上げると、香川はぽんぽんとあたしの頭を撫でた。
「前も言ったろ? これはあいつらが決めたことなんだから、お前が気にする必要ねぇ、って」
でも、と反論しようとするあたしを遮って、香川は続ける。
「それとも神崎は、あいつらのこと信じてねぇのか?」
香川のその言葉に、あたしは再び俯いた。
もちろん信じていないわけじゃない。
もう、玲央たちを信じるって決めたから……
でも、信じることと迷惑をかけることは、別物でしょ?
いくら信頼し合っている仲でも、自分が相手の重荷になっているってわかったら、一緒にいられないよ……

193

そう、あたしは玲央の…………暁の重荷だ。
あたしは、玲央たちの荷物にはなりたくない……
「知ってるか、神崎？」
俯くあたしに、香川が優しく声をかけた。
「"迷惑かけてる"って思うのは、それだけ相手のことが好きだから思うことなんだ」
遠くを見ながら、香川は続ける。
「もし相手のことがどうでも良けりゃ、迷惑だなんて考えもしねぇ。好きで、信じてるやつだからこそ、迷惑かもって感じちまうんだ…………」
あたしはそっと香川の顔を見た。
いつも無表情の香川の顔に、今は笑みが浮かんでいる。
「つまり、迷惑かもって思ってる神崎は、あいつらのことが好きで、信じてるってことだ。だから、最後まで信じてやれよ？ あいつらも、そして自分自身も…………」
頬を涙が伝う。
悲しいんじゃない……嬉しかったんだ。
あたしは、玲央たちのことを信じることができている……
「先生、ありがとうございます」
あたしがそう言って笑うと、香川は満足そうに微笑みハンドルを握り直した。
「……ちょっと飛ばすぞ？」
「……ふぇ？」
香川の言葉に答える間もなく、車のスピードが一気に上がる。
「ちょ、先生スピード出しすぎ！」
そんなあたしの声は、今の香川には届かない様子。
「この感覚、久しぶりだな」なんて、思いっきり現役に戻ってるし。
どうか、無事に覇王の溜まり場に着けますように…………

───玲央side───

「……行くぞ」
俺がそう言うと、三人は真剣な顔で頷いた。
俺たちは今、覇王の倉庫の前にいる。
いくら四人でも覇王が気付いていないわけはないから、恐らく向こうは俺たちが乗り込んで来るのを待っているんだろう。
───ブロオオオォォ
爆音と共に、一気に覇王の敷地内に入り込んだ。
…………怖いくらいに誰もいない。
はぁ……こういうのって逆にビビるわ。
そんなことを考えながら、俺はバイクを停めて改めて倉庫を見る。
「でっけー……」
俺の心の声を代弁したのは、口を開けたまま倉庫を見ている天馬だった。
さすがとも言うべきか、覇王の溜まり場である倉庫はかなりデカかった。
俺らんとこの三倍くらいの広さはあるんじゃねぇか？
「はは、これが関東と全国の差なのかな？」
叶多が若干顔を引きつらせながら言った。
……確かにそうなのかもしれない。
所詮俺たち暁は関東。
対する覇王は全国…………今更ながら、俺たちが立ち向かおうとしているチームの強大さを実感する。
「……何してんだよ、早く行くぞ」
放心状態の俺たちをよそに、さっさと歩きだす空夜。

………さすが空夜、強者だ。
空夜の度胸に感心しながら、俺たちも後に続く。
「やっべ、緊張すんな～」
倉庫の扉の前まで来た時、天馬がペロッと舌を出して言った。
「……天馬でも緊張することはあるんだな」
天馬の方を見て、心底バカにしたように言う空夜。
「おい、どういう意味だ？」
「んー、天馬が能天気ってことじゃない？」
反論した天馬だが、叶多からもバカにされ口を尖らせていじけてしまった。
何と言うか…………
全国トップのチームに乗り込むというのに、この緊張感のなさはさすがというか…………
まぁそこが俺たちの良いところでもあるんだけどな。
「よし、行くぞ……」
俺が言うと、三人は静かに頷いた。
この時の三人の真剣な顔を見て、俺は思った。
こいつらは緊張感がないわけじゃない……緊張を隠すためにわざと冗談を言っていたのだ、と。
みんな緊張しているんだ。
そして、少なからず恐怖も感じている……俺も含めて。
───ギイイィィィ
意を決した俺は取手に手を掛け、一気に扉を開けた。
「……誰もいない？」
中に入った俺たちは、その状況に戸惑う。
倉庫の中には誰もおらず、しーんと静まり返っていた。
「どういうことだ？」
天馬が困惑の表情をしながら呟く。
俺にもわからなかった。

てっきり大勢で待ち構えていると思っていたのに…………
「「やっと来たね」」
…………!?
不意に、上から声が聞こえてきた。
驚いて顔を上げると、二階に続く階段から紅と蒼の髪の男――
――紅鬼と蒼鬼が降りてきていた。
「君たち遅いよ～」
「もう待ちくたびれちゃった」
そう言いながら、こちらに歩いてくる双子。
警戒した俺たちは、二人に向けて殺気を放った。
「クスッそんなに殺気なんか出しちゃって…………」
「僕らはまだ何もしてないよ？」
そう言って可笑しそうに笑う双子。
それを見た天馬が、拳を握りしめながら舌打ちする。
「…………今日、俺たちは覇王と戦うつもりで来たわけじゃねぇ」
俺が言うと、双子はさらに顔を歪めながら笑った。
「あははっ、それって戦わないんじゃなくて、戦えないから？」
「なーんだ、残念っ！
やっぱ所詮は関東だもんね～」
…………挑発だってことはわかっている。
わかっているけど……さすがにここまで笑われるとムカつく。
「てめぇら、言いたい放題言いやがってッ!?」
ムカついていたのは俺だけではなかったようで、天馬が肩を震わせながら怒鳴った。
「あ、もしかして図星？」
「クスッ……やっぱ弱いんだぁ」
さらに挑発してくる双子に天馬がキレて殴り掛かろうとした時、別の人物が階段から降りてきた。

197

「帝も命も、いい加減にしろ」
そう言って降りてきたのは、黒髪で長身の男。
「「あ、仁だ！」」
その男を見た双子が同時に声を出す。
「仁……覇王の副総長さん、か」
叶多がぽつりと呟いた。
不知火仁―――覇王副総長で、"氷龍"の通り名をもつ人物。
氷のように冷たい目をし、龍を連想させる強さからその通り名がついた。
「あんたの方が話がわかるみたいだね？　…………俺らは"皇帝"に用がある」
空夜が氷龍を睨みながら言った。
それを聞いた氷龍は眉間にシワを寄せながら、「何の用だ？」と聞く。
…………あくまで皇帝には会わせる気はないっつーわけか。
「美愛のことで、お前らに頼みがある…………」
俺が美愛の名前を出した瞬間、氷龍と双子の顔つきが変わった。
「あいつは……椿鬼は俺たちを裏切った！」
「その椿鬼に手を貸したお前らも同じだ！」
紅鬼と蒼鬼に先程までの余裕は全くなく、怒りを露わにして怒鳴る。
……しかし言葉とは裏腹に、その表情はどこか寂しげだった。
「それはわかってる……でも、美愛は何の理由もなく仲間を裏切る奴じゃねぇ……」
俺が必死に伝えるも、覇王の幹部たちの表情は変わらない。
どうやったらわかってもらえるのか、と考えていた時、氷龍が口を開いた。
「……仮に椿鬼に正当な理由があったとしても、あいつは俺たちにその理由を話さなかった。俺たちが理由を知らなければ、

理由がなかったのと同じことだ…………」
氷龍の言葉に、俺は唇を噛み締めた。
……確かに、氷龍の言う通りだ。
相手が知らなければ、それは元からないのと一緒。
何故かはわからないが、美愛は覇王の仲間に理由を話さなかった。
それはそれで、また別の意味の"裏切り"になるのかもしれない……
「わかったなら、今すぐ帰れ」
俯く俺たちを見て、氷龍が冷たくそう言い放った。
「……帰らねぇよ」
「……何だと？」
「帰れって言われて帰るほど、俺らは半端な気持ちで来たわけじゃねぇんだよ」
俺がそう言うと、双子が笑いだした。
「お前らに何ができる？」
「たった四人で、覇王に楯突く気？」
そう言って笑う双子を見て、歯軋りをする天馬。
……天馬、キレたな。
天馬は昔から、マジ切れすると歯軋りをする癖がある。
暁をバカにされ、相当頭に来ているんだろう……
「悪いけど、そっちが美愛ちゃんに今後一切関わらない、って約束してくれるまで、俺たちは帰る気ないから」
叶多がにっこりと笑って言った。
いや、口元は笑っているが目は全く笑っていない。
……これは、叶多がキレた時の癖だ。
「そういうこと。あ、それに俺たち負ける気もないし」
空夜がつまらなそうに言う。
……いつも思うが、こいつの余裕は一体どこから来るのだろう

か？」
「ッッ……口で言ってダメなら、無理矢理追い返すだけだよ！」
「覇王を敵に回したこと、後悔させてやる！」
そう怒鳴り、紅鬼と蒼鬼が俺たちに向かって攻撃してこようとした時…………
「………待て」
低く澄んだ声が、倉庫内に響いた。
声のした方に目を向けると、一人の男が階段から降りて来た。
明るい茶髪に赤のメッシュ、180はゆうにありそうなモデルのようなスタイル。
そして、色白でアイドル顔負けの整いすぎている顔…………
何よりその存在感は、同じ空間にいるだけで痛いほど肌に感じる。
こいつが…………
「皇帝……」
俺が呟くと、皇帝が軽く微笑んだ。
「俺に用があるらしいな…………暁の総長さん？」
その低い声に含まれた威圧感に、俺たちは情けなくも固まってしまった。
先程まで余裕のあった空夜でさえも、その威圧感に圧倒されている。
これが……
これが全国の頂点の存在感なのか……？
……はっきり言って、俺らとは格が違う。
今その姿を目の当たりにして、美愛の言っていた"レベルが違う"の意味がわかった。
…………レベルどころか、次元が違うじゃねぇか。
「クスッ……さっきまでの威勢の良さはどうしたの？」
「もしかして、魁斗を見ただけで怖気付いた？」

俺たちの様子を見た双子が、バカにしたように笑いだす。
「何だと⁉」
挑発に乗った天馬が双子に突っ込もうとするのを、叶多が止めた。
「天馬、挑発に乗るな……」
そうは言うものの、叶多自身も恐ろしく笑顔……つまりマジ切れ状態だ。
「皇帝……いや、如月魁斗。
お前に頼みがある」
俺は震えそうになる声を必死に抑えながら、皇帝に向き直った。
「俺に……頼み？」
俺の言葉に、少し目を細める如月。
そんな如月を見ながら、俺は続けた。
「美愛には……椿鬼にはもう関わらないでほしい」
「椿鬼……だと？」
俺の頼みに、眉間にシワを寄せる如月。
途端に、如月から殺気が漏れだした。
……ヤバい、逆鱗に触れてしまったか？
俺は少し狼狽えたが、殺気が放たれたのは一瞬で、すぐに消えた。
「だーかーらー、さっきから言ってんじゃん！」
「そんな頼み、聞けるわけないでしょ？」
如月の代わりに、双子がこちらを睨みながら答えた。
「てめえら、さっきから好き勝手言いやがってッ！」
双子の言葉が起爆剤となったのか、天馬がブチ切れた。
そして叶多の制止を振り切り、双子へと突っ込んで行く天馬。
「おりゃあああぁぁ！」
────ドカッ
「かはっ…………」

201

勢いよく突っ込んだ天馬の攻撃はあっさりとかわされ、がら空きになった鳩尾に紅鬼の肘が入る。
「天馬っ！」
鳩尾を押さえながら膝をついた天馬に、叶多が慌てて駆け寄った。
「あはは、弱すぎなんだけど～」
「その程度で覇王に向かってくるとか……
マジで笑える！」
うずくまる天馬を見下ろしながら、腹を抱えて笑う双子。
「く、くそ……」
天馬は双子を睨みながら再び殴り掛かろうとしたが、それより先に叶多が立ち上がった。
「……叶多？」
「フッ……ここまでバカにされちゃ、黙ってられないよね？」
叶多はそう言うと、天馬から双子へと視線を移した。
普段、最低限の喧嘩しかしない叶多が、自ら戦おうとしている…………
俺は少し驚いたが、フッと笑いをこぼして空夜を見た。
「空夜…………久々に暴れっか？」
俺が言うと、面倒臭そうに「仕方ねぇな……」と呟く空夜。
しかし、言葉とは裏腹に空夜の表情はやる気に満ち溢れていた。
空夜も、普段あまり前線では戦わない。
まぁ空夜の場合、ただ単に"面倒臭い"というのが主な理由なのだが……
「お前は氷龍、俺は皇帝…………行くぞ？」
俺が指示を出すと、空夜は「……はいよ」とやる気のない返事をして、氷龍の方へと駆け出した。
それを見て、俺も皇帝の元へと向かう。
「なぁ……美愛を自由にしてやってくれないか？」

皇帝の目の前まで来た俺は、もう一度そう頼んでみた。
美愛のためにも、ここで引き下がるわけにはいかねぇんだ………
……
「これは、俺たち覇王の問題だ…………余計な邪魔はしないでもらえるか？」
そう言って、殺気を含んだ目を俺に向けてくる皇帝。
……まぁ、予想通りの答え。
そんなに簡単に話がつくとは、最初から思ってねぇよ。
「だったら…………無理矢理にでも美愛から切り離す！」
俺はそう叫び、皇帝の顔面目がけてパンチを繰り出した。
―――パシッ
「ッ!?」
かなり力を入れたはずの俺の拳(こぶし)は、皇帝の手によって軽々と止められた。
「仕方ない……そっちがその気なら、俺たちも本気でいかせてもらおうか？」
そう呟くと、皇帝の放つ殺気がさらに増した。
「……チッ」
皇帝に止められた拳はびくともせず、仕方なく俺は一旦距離を取る。
クソッ……攻撃しようにも、隙が全くねぇ…………
かと言って、正面から突っ込んでも止められちまうしな。
「そっちが来ないなら、こっちから行くぞ！」
俺が考えていると、皇帝がそう言って一気に間合いを詰めてきた。
「……マジかよ」
俺は慌てながらも応戦するが、皇帝の攻撃を避けるので精一杯。
…………さすが、皇帝と言われるだけの実力だ。
―――ドカッ

「がッ…………」
皇帝の拳が、俺の鳩尾に入った。
続けて殴られそうになるのを半身になってなんとか避け、そのままボディにパンチを食らわす。
が、やはりかわされてしまう。
「チッ……一発くらい当たれよ！」
攻撃が当たらないことに苛立って、思わず愚痴を零す俺。
……そりゃ、最初からやられっぱなしじゃ、愚痴だって言いたくなるわ。
「お前じゃ、俺には勝てないよ」
腹を押さえている俺を見ながら、皇帝が静かに言った。
「あ？　んなこと、やってみなきゃ……わかんねぇ……だろ……？」
口ではこんな偉そうなことを言ったが……正直大分キツい。
このままじゃ、確実に俺が負ける。
「……なぁ、何でお前たちはそこまでする？」
俺がさらに皇帝に向かって行こうとした時、皇帝が不意に口を開いた。
「は？　…………どういう意味だ？」
「……何故お前らは、椿鬼のためにそこまで必死になれる？」
意味がわからない、という顔をしている皇帝。
何故って……？
そんなこと
決まってるじゃないか
それは……
「俺が…………俺たちが、美愛のことが好きだからに決まってんだろ！」
俺の答えに、さらにわからない、という顔をする皇帝。
「好きだから……？　そんな理由で？　そもそも、椿鬼は覇王

だと言うのに…………」
……は？
それこそ、意味わかんねぇんだよ。
惚(ほ)れた女が、覇王だろうが椿鬼だろうが関係ねぇ。
俺は、"神崎美愛"という一人の女を好きになったんだ。
ひどい方向音痴で、若干天然入ってて、甘いものが大好きで……
そして、仲間のことを何よりも大事にする美愛に惚れたんだ。
それに…………
「美愛と約束したんだよ…………俺たちが絶対(ぜって)ぇ守ってやる、ってな」
そう、俺は美愛と約束したんだ。
そして美愛は、俺たちのことを信じてくれた。
……だからこそ、ここで負けるわけにはいかねぇんだよ！
「約束……だと？　……それなら俺たちだってしてたんだよッ！」
―――バキッ
皇帝の拳が右頬に当たり、俺は後方へ吹っ飛ばされた。
「俺たちだって、あいつと約束した！　一緒に覇王を守っていくと……それなのにあいつは、その約束を破ったッ」
皇帝はほとんど取り乱しながら、叫ぶように言った。
その瞳は怒りに燃え、同時に深い悲しみも映していた。
皇帝のその表情を見て、俺はふと思った。
皇帝たちが美愛を追っていたのは、美愛に復讐するためではない……美愛を信じているからだ、と。
皇帝や四天王らが時折見せる、寂しそうな悲しそうな表情……
…
本当に美愛を憎んでいるなら、こんな顔なんてしないはず。
……きっと、理由が知りたいんだ。
美愛を信じているからこそ、美愛が自分たちを信じてくれなか

った理由を…………
でも…………
いくら美愛から理由を聞くためとはいえ、やり方が酷い。
わざわざ学校に紅鬼と蒼鬼を送り込んできたり、俺たちの暴走を潰そうとしたり……
暴走の日、もし香川がサツにタレ込んでいなければ、俺たちの暴走は覇王に潰されていた。
美愛も参加していたのに…………
下手すりゃ、美愛も怪我をしていたかもしれないんだ。
それだけは許さねぇ…………美愛を傷つけることだけは、絶対に…………
「お前らのやり方は、間違ってる」
俺はゆっくりと立ち上がり、皇帝を睨みながら言った。
「……何？」
俺の言葉に、眉間にシワを寄せる皇帝。
そんな皇帝の目を見ながら、俺は続ける。
「暴走の時…………何で美愛まで危険に晒すようなことをしようとした？」
俺が言うと、皇帝が顔を背けた。
「お前らには関係ない…………」
「関係なくねぇよ！　美愛を傷つけるなら……美愛は絶対に渡さねぇ！」
俺はそう叫ぶと、一気に間合いを詰めて右ストレートを放った。
————バキッ
初めて俺の拳は皇帝の左頬に当たり、皇帝は２、３歩よろける。
こいつ、今の攻撃を避けるどころか受け身すら取らなかった…………
「俺らには……椿鬼が必要だ。だから、どんな手を使ってでもお前らから取り戻す…………」

パンチを食らった皇帝は、唇から流れる血を手の甲で拭いながら言った。
……必要だから、何をしてでも取り戻すだと？
美愛を物みたいに言いやがって……
「美愛は渡さねぇ！　それと…………」
俺は、皇帝に向かって走り出しながら叫ぶ。
「美愛は、もう椿鬼じゃねぇんだよ‼」
皇帝との距離を縮めた俺は、勢いをつけて渾身の一撃を放った。
しかし…………
―――――パシッ
嘘……だろ…………？
俺の渾身の一発が………止められた？
「……悪いが、そろそろ終わりにさせてもらおうか」
驚く俺に、皇帝が低く殺気のこもった声で言った。
「少々喋りすぎた…………あっちはもう、暇してるみたいだしな」
そう言った皇帝の視線の先には、ボロボロになって床に倒れ込んでいる三人―――叶多、天馬、空夜の姿があった。
「クソッ…………」
俺は皇帝の目を睨みながら、唇を噛み締める。
叶多たちは、決して弱いわけじゃない。
地元じゃ恐れられてるくらい、俺たちは喧嘩に関してはかなりの腕のはず。
…………覇王が強すぎるんだ。
美愛……お前はこんな、俺らとは桁違いな世界で、今まで生きていたんだな…………
きっと、美愛には最初からわかっていたんだ。
俺たちが覇王の前では無力なこと。
…………でも

「俺は……俺たちは、美愛を守んなきゃなんねぇんだよッ！」
そう、弱いとわかっていても、
負けるとわかっていても、
それでも、俺たちには戦う理由がある。
命を懸けても守りたいものがあるから…………
「……覇王の問題に、部外者が口出しすんじゃねぇ！」
皇帝の拳が、俺の顔面に向かってきた。
やべっ……体、動かねぇや…………
避けなきゃって頭じゃわかっているのに、体が言うことをきかない。
一瞬全ての音が消え、スローモーションのようにゆっくりと拳が近づいてくる。
…………俺、負けんのかな？
あーあ、ダサ……
好きな女一人守れねぇなんてな。
……マジ笑える。
暁の総長が聞いて呆(あき)れるわ。
自分の無力さを痛いほど感じながら、俺は覚悟を決めてそっと目を閉じた。
その時…………

────バンッッ
俺の背後から、大きな音がした。
そっと目を開けると、顔面スレスレで止まっている皇帝の拳が真っ先に目に入る。
「…………ッ!?」
途端に、俺は後ろから物凄い殺気を感じ、素早く振り返ると…………
「な……んで…………？」

幻覚かと思った。
だって、そこに立っていたのは…………
「…………美愛？」
恐ろしいほどの殺気を放ち、ただ一点のみ————皇帝だけを睨んでいる美愛の姿が、そこにあった。
「…………久しぶりだな、椿鬼」
皇帝は静かに拳を下ろすと、口角を上げて言った。
「椿鬼……やっと来たね？」
「あの日から、ずっと待ってたんだよ」
いつの間にか、双子と氷龍もこちらに来ていて、美愛の方を見ている。
「はぁ……ったく、派手にやりやがって…………」
美愛の背後から、ため息をつきながら香川も出てきた。
「…………」
美愛は無言で歩き出すと、皇帝をスルーして奥で倒れている叶多たちの元にしゃがみこむ。
そして、消えてしまいそうなほどの小さな声で一言、「ごめんね……」と呟いた。
「椿鬼、お前に話がある……」
皇帝が呼ぶと、ゆっくりと立ち上がってこちらに振り向いた美愛。
「あたしに対して復讐するのはわかる…………でも、何で暁にまで手を出したの？　関係のない暁にまで…………」
美愛が言うと、双子が笑い出した。
「は？　暁が関係ない？　よく言うね～暁に寝返ったクセに」
「それに、勝手に乗り込んで来たのも喧嘩売ってきたのもそっちだよ？」
二人の言葉に、美愛は唇を噛み締めた。
「あたしが悪いのはわかってる…………本当にごめんなさい」

弱々しく言い、頭を下げながら美愛が続ける。
「でも、お願い……暁には手を出さないで」
必死に皇帝たちに訴える美愛。
しかし、それを見る皇帝たちの表情は堅いままだ。
「あたしが悪いの……だからお願い…………」
涙を堪えながら、必死に頼む美愛。
そんな美愛を見て、俺は静かに口を開いた。
「美愛、俺らのために頭なんか下げんな」
俺の言葉に、ゆっくりと顔を上げる美愛。
その瞳には、今にも溢れそうな程の涙がたまっていた。
「俺たちは、俺たちがやりたいようにやってるだけだ。だから、お前が責任感じる必要なんてねぇんだよ…………」
俺が言うと、美愛の瞳から一筋の涙が流れた。
「そうだよ……美愛ちゃんが責任感じること……ないんだよ……？」
後方で倒れていた叶多がゆっくりと起き上がりながら、引きつった笑顔で言う。
「美愛…………泣くんなら、俺の胸……貸してやんぜ……？」
「お前はもう……俺たちの仲間…………なんだよ……」
天馬と空夜も、必死に笑顔を作って美愛を見つめた。
「みんな……ありがとう……」
涙を拭い、少し笑顔を取り戻した美愛は、皇帝たちに向き直った。
「魁斗……あの日、あたしは覇王を裏切った。許してほしいなんて思ってない。むしろ、あたしを恨んだままで良いから……だから…………」
一旦言葉を切った美愛は、ゆっくりと氷龍と双子にも視線を向けた。
「だから、覇王を抜けさせてください……」

210 　椿鬼―イケメン総長に愛された最強姫―

美愛が言った途端、双子が顔を歪ませる。
「何で!?　何で暁を選ぶんだよッ!?」
「俺たちは、美愛が覇王を抜けることを望んでるわけじゃないッ！」
双子に続き、氷龍も口を開いた。
「理由が知りたい……あの日、お前がとった行動の理由が………」
氷龍の言葉に、目を伏せる美愛。
……何故美愛は理由を話そうとしない？
美愛に限って、理由もなく仲間を裏切ることなんて、絶対にありえない。
「……それとも、マジで僕たちを潰すために裏切ったの？」
冷めた口調で、紅鬼が美愛を睨みながら言った。
それに対して、顔を上げ何か反論しようとした美愛よりも先に、今まで黙っていた香川が口を開いた。
「……なぁ、神崎を責めんのもその辺にしといてやれよ。そいつが何の理由もなくお前らを裏切ったりしないことくらい、わかってんだろ？」
口調は穏やかなのに、威圧感のこもった香川の声。
……さすが、とも言うべきか。
「は？　お前誰？　部外者は引っ込んどいてよ」
いきなり割り込んできた香川に対し、嫌悪感むき出しで噛み付く蒼鬼。
美愛も知らなかったし、こいつらもきっと知らないんだ、香川の正体を…………
「命、言葉を慎め」
香川を睨む蒼鬼に、皇帝が鋭く注意した。
っつーことは、皇帝は香川のことを知ってるみたいだな…………

「は？　どういう意味だよ、魁斗！」
「その人は……俺らの先代だ…………」
　"先代"と聞いた途端、蒼鬼は一歩後退りし、困惑の表情を浮かべた。
「先代……？　マジかよ…………」
　眉間にシワを寄せ、そう呟いた紅鬼。
　一方、当の本人は「俺のこと知ってんだ」と皇帝を見ながら笑って言った。
「そりゃ、知ってますよ。何しろ、覇王初代総長さんなんですから…………」
「「「ッ!?」」」
　皇帝の言葉に、目を見開く氷龍と双子の三人。
　……まぁ、先代を知らないっつーのもおかしな話だけどな。
　とか言って、俺たちも初代には一、二度くらいしか会ったことねぇけど……
「まぁ、俺のこたぁどーでも良い……悪いが、神崎を許してやってくれ」
　香川が困ったような顔をして言った。
「クッ……先代まで、暁の味方っスか？」
「先代は、僕たち後輩よりも、敵チームの肩を持つんスか……？」
　香川の言葉に、双子が怒りで顔を歪めながら怒鳴った。
　そう言われればそうだ。
　香川はもともと覇王OBだから、普通に考えれば覇王の味方するんじゃねぇのか……？
「まぁ、確かに俺は元覇王だが…………」
　香川はそう言って、俺や美愛に視線を移した。
「今は、こいつらの担任なんだよ。悪いな……」
　香川が困ったように笑った。

212　椿鬼―イケメン総長に愛された最強姫―

それを見て、氷龍が感情を押し殺した表情で口を開く。
「……あなたは、覇王よりも生徒の方が大事だと?」
氷龍の問いに、香川は真剣な表情で頷く。
「約束したんだ……
生徒を守ってやれる教師になる、ってな…………」
そう言って、優しく笑う香川。
しかし、それを聞いた皇帝たちの表情は複雑なものだった。
「先代が相手の肩を持つと言うなら……俺らも容赦しませんよ?」
皇帝の瞳に、殺気が宿る。
途端に、辺りの空気が一瞬にして変わった。
息苦しくなるような、肌がピリピリするような、そんな感覚。
これが、全国トップの殺気…………
「……クッ」
たまらず膝をついてしまう俺…………情けねぇな。
周りを見ると、叶多たちも顔を歪めて苦しそうにしていた。
そんな中、覇王の奴らと美愛、香川は平然と立っていた。
まるで、実力の差を見せ付けられてるみたいだ…………
「魁斗やめて! もう……もう誰も傷つけないで…………」
苦しむ俺たちを見ながら、美愛が叫んだ。
悲しそうな顔をして。
辛そうな声で。
そんな美愛を見て、俺は唇を噛み締める。
俺たちは、美愛にこんな顔をしてほしくなくて、ここに来たっつーのに。
結局、俺たちは……無力だ……
「美愛……お前は最後の最後まで、俺たちを裏切るんだな」
皇帝が辛そうな顔で吐き捨てる。
それを、ただ俯いて聞いている美愛は、いつもよりもずっと小

213

さく、儚く見えた。
「……美愛にとって、覇王はもうどうでもいい存在なんだな」
「それは違うわ！」
皇帝が美愛を軽蔑の眼差しで見たとき、不意に二階から女の声が聞こえてきた。
「美愛は裏切りたくて覇王を裏切ったんじゃない…………美愛は悪くないのッ！」
色白の肌に栗色の巻き髪……かなり美人のその女は、そう言ってゆっくりと俺たちのいる一階へと降りてきた。
「…………優梨香？」
その女を見た瞬間、美愛が固まる。
「美愛ッ！」
固まったままの美愛に、優梨香と呼ばれた女が駆け寄り、勢いよく抱きついた。
「美愛……会いたかったッ」
「優梨香……あたしも…………」
きつく抱き合った二人の瞳からは、大粒の涙がこぼれ落ちる。
「優梨香……部屋から出るなと言っただろ」
そんな様子を見た皇帝が、優梨香を見ながら不機嫌な声で言った。
「立花優梨香……覇王の"華"か…………」
いつのまにか、叶多が隣に来て呟いた。
覇王の"華"……つまり、如月の女か…………
"華"―――覇王がが命を懸けて守る女…………暁で言う"暁姫"だ。
「ねぇ優梨香。美愛が悪くないってどういうこと？」
「優梨香は何か知ってるの？」
双子が口々に優梨香に詰め寄る。
氷龍は黙ってはいるが、真剣な顔で優梨香を見ていることから、

優梨香の話が気になるんだろう。
…………もちろん、俺たちだって例外じゃねえ。
覇王の華は、一体何を知っているんだ……？
「あたし、あの日の裏を全部知ってる。ううん、むしろ原因はあたしにあるの…………」
「優梨香！」
優梨香が話している途中、美愛が鋭い声で遮った。
今、明らかに美愛は何かを隠そうとしていた。
……おそらく、美愛が皇帝たちに何故裏切ったのかを頑なに言わなかった理由だろう。
「美愛……もういいじゃない！　あたし、これ以上美愛がみんなに責められるのも、みんなが美愛を疑うのも、見たくないよッ」
「でも…………」
「でも、じゃない！　ねぇ、本当のことを言ってよ……あの日、何があったのかを…………」
美愛は眉間にシワを寄せながら俯いた。
言うべきか言わないべきか、迷っているんだろう。
「美愛はもう十分苦しんだ……だから、これ以上苦しむ必要なんてないんだよ？」
俯いたままの美愛に、優しく微笑みかける優梨香。
その言葉に、ゆっくりと美愛が顔を上げた。
「あたし……もう十分苦しんだ？」
すがりつくかのような美愛の問いに、「うん」と優しく頷く優梨香。
それを見た美愛は、安心したような、泣きそうな顔になった。
「あたし、本当は辛かった。みんなを裏切って、みんなに嫌われちゃって……本当に悲しかった…………」
ゆっくりと、一つずつ言葉を発していく美愛。

それを、俺たちは誰一人言葉を発さずに聞いている。
「あたし、怖かったの……みんなに面と向かって"嫌い"って言われるのが…………だから逃げた」
美愛はそう言って自嘲気味に笑うと、意を決したように皇帝たちに向き直った。
「でも、もう逃げない。あの日のこと、全部話すよ……」
前をしっかりと見つめ、凛とした表情の美愛には、先程までの迷いはもうなかった。
「あの日、あたしはみんなを裏切ったよね？ でも、その元凶は……あたしの兄だったの……」
美愛はゆっくりと、覇王裏切りの真相を語り出す。
俺たちの……そして覇王幹部たちも知らなかった美愛の辛い過去が、今明かされようとしている…………


────玲央side END────

# 真 相

―――1年前―――

「美愛〜お願いッ！」
「だーかーらー、無理だってば……」
「そこを何とか〜！」
昼休みの女子トイレで、あたしは優梨香に頭を下げられていた。
「ねぇ良いでしょ？　今度の日曜日、買い物付き合ってよぉ〜」
顔の前で手を合わせ、上目遣いで首を傾げる優梨香。
……一体、今まで何人の男がこの愛くるしい仕草で落とされてきたのだろう？
さらに本人は無自覚なんだから、なおさらタチが悪い……
しかし、それに引っ掛かるほどあたしも甘くない。
「ダーメ！　行かないからね」
あたしが腰に手を当てて言うと、優梨香は口を尖らせて「ケチ」とそっぽを向いた。
「あのね、別にあたしの私情で行かないわけじゃないのよ？」
「わかってるよ。……あたしが"華"だからでしょ？」
あたしの言葉に、つまらなそうに答える優梨香。
「わかってるなら、魁斗たちと行けば良いでしょ？」
あたしは優梨香を見て、ため息をつきながら言った。
そう、覇王の"華"である優梨香にとっては、ただの買い物で

さえ危険を伴う。
常に敵対するチームから狙われている優梨香は、幹部が二人以上付かないと外出できないのだ。
「だから美愛に頼んでるの！　みんなには内緒にしたいから………」
優梨香はそう言って、少し悲しそうな顔をした。
「来週、魁斗の誕生日でしょ？　だからプレゼントを買いに行きたいの。でも、仁は付いてきてくれなそうだし、帝たちは魁斗にバラしそうだし……」
優梨香が俯きながら言った。
なるほど、そういうことか…………
「はぁ……まあ理由はわかった。でもねぇ……」
「美愛お願いッ！　一生のお願いの内の一つ！」
ぎゅーっと目を瞑って、顔の前で手を合わせる優梨香。
ってか、一生のお願いの内の一つって……
一体これからいくつ一生のお願いをするつもりなんだか。
「もぅ……あたし、もしもの時優梨香を守りきれる自信ないんだけど……？」
あたしが言うと、優梨香はパッと顔を輝かせた。
「じゃあ、行ってくれるの⁉」
「だから、大人数で襲われたら守りきれないんだってば……」
優梨香の言葉に、あたしはため息をつきながら答える。
「大丈夫だって！　すぐに買い物終わらせるからさ！」
そう言って喜ぶ優梨香に、あたしはさらにため息をつきながら渋々頷いた。
―――この時、あたしと優梨香は完璧に族の世界を甘く見ていた。
まぁ、少しくらいなら平気だろう、と。
……そう思っていた。

今思えば、この時ちゃんと魁斗たちに相談するべきだったんだ。
この一瞬の油断が後に大きな後悔を呼び、覇王の絆を壊してしまうことになるなんて……この時は考えもしなかった。

———日曜日———

「美愛～どれが良いかなぁ？」
優梨香が、瞳をきらきらさせながら聞いてきた。
あたしたちは、魁斗たちには内緒で繁華街に来ている。
本当は、溜まり場に誘われていたんだけど……
あたしは風邪、優梨香は親の都合ってことにして、誘いを断った。
「魁斗に似合うやつかぁ…………」
あたしはそう呟きながら、店内をきょろきょろと見回す。
今あたしと優梨香がいるのは、ちょっと洒落た雰囲気のアクセサリーショップ。
店内では、何組かのカップルが幸せそうに商品を選んでいた。
「まぁ、優梨香が選んだやつなら何でも喜ぶよ、魁斗は」
あたしが言うと、優梨香は顔を真っ赤にさせながら「そんなことないっ」と首をブンブン振った。
「あはっ、優梨香可愛い～♪　……じゃ、これとかは？」
若干優梨香をからかいながら、あたしはふと目についたネックレスを手にとった。
十字架に龍が巻き付いているデザインのネックレス…………
シンプルなのに存在感がある感じが、魁斗に似合う気がしたから。
「うわぁ、それめっちゃ良い！　それにする～」
ネックレスを見た瞬間、優梨香は気に入ったようで即決した。

＊＊＊

「ありがとうございましたー」
お店を出たあたしたちは、近くにあった喫茶店に入った。
「魁斗、喜んでくれるかなぁ？」
先程買ったネックレスが入っている紙袋を見ながら、心配そうな顔をする優梨香。
「大丈夫だってば〜。それ、絶対魁斗の宝物になるよ」
あたしが笑いながら言うと、優梨香が幸せそうに頬を赤らめた。
そんな優梨香を見て、あたしも自然と笑顔になる。
優梨香…………あたしが守ってあげるからね。
あたしの大切な親友が、これからもこうして笑っていられるように……あたしがその笑顔を守ってあげる。
あたしは、大切な仲間を守れるようになりたくて、ここまで強くなった。
四天王となり、"椿鬼"と呼ばれ恐れられるくらいに、強くなったんだ……
優梨香のためなら……覇王のみんなのためなら、あたしは何だってできるよ？
「ねぇ美愛、あたしもう一件行きたいお店があるんだけど……」
優梨香が、あたしの顔色を伺いながら遠慮がちに言った。
「もう、しょうがないなぁ……」
優梨香の嬉しそうな顔が見たくて、軽い気持ちでＯＫしてしまったあたし。

―――この時、あたしが優梨香を止めていれば……真っすぐに帰っていれば、覇王の未来は変わっていたのかな…………？

＊＊＊

「あー楽しかったぁ～」
そう言って、満足そうに紙袋を見つめる優梨香。
紙袋にはブランドのロゴ……優梨香が買いたかったのは、新しい洋服だったらしい。
「これね、魁斗の誕生日暴走の日に着るの！」
満面の笑みではしゃぐ優梨香は本当に可愛くて、見ていてすごく微笑ましい。
「優梨香、そろそろ帰る？」
まだ三時過ぎだったけれど、そろそろ危ないかな？　と心配になってきたあたしは、優梨香を急かした。
「わかったぁ」
あたしの言葉に優梨香は素直に頷き、あたしたちは駅に向かって歩き出す。
しかし―――
「……ねぇ、君って覇王の"華"だよね？」
「…………えっ？」
優梨香が答える間もなく、いきなり現れた男が優梨香の腕を掴んだ。
「ちょっと……優梨香に触るなッ」
あたしが優梨香を助けようとすると、背後から別の男たちによって止められる。
「ふ～ん、今日は護衛が一人か……ラッキーじゃん♪」
そう言って、優梨香を路地裏に引っ張り込む男。
「やめろ！　優梨香を離せッ」
あたしは必死で男たちの手を振りほどき、優梨香のところへ行こうとした。
「おっと、それ以上近づいたら…………」

221

そう言って、男が優梨香の首筋にナイフを当てる。
「ヒッ……美愛ッ……」
ナイフを当てられた優梨香は、顔を真っ青にさせて声を上げた。
「クソッ……あんたたち何者⁉」
迂闊に手を出せなくなったあたしは、男に向かって怒鳴る。
「クスッ……あの椿鬼が焦るとか、マジうける。俺らは………
…烈火だ」
クスクスと笑いながら言う男。
あたしはその男の言葉に、一気に血の気が引いた。
烈火……嘘でしょ……？
「何で……何で烈火が覇王に手を出すの？」
あたしは、震える声を抑えながら聞いた。
しかし、男の次の言葉にあたしはさらに愕然とした。
「んなこと俺らが知るか。……総長命令なんだからよ」
総長命令…………？
何でよ……
一体何が目的なの？
ねぇ、何で覇王に手を出すの…………
…………お兄ちゃん？
「とりあえず、華はもらってくから」
男はそう言うと、無理矢理優梨香を引っ張って自分達の車に乗せようとした。
「止めろ！　優梨香を返せ！」
必死に叫ぶけど、聞く耳をもたない男たち。
優梨香にナイフが突き付けられているため、あたしは下手に動けない。
「ははっ、案外覇王ってちょろいな～」
男は下品に笑うと、車を発進させた。
優梨香は瞳に涙をいっぱいに溜め、窓に張りついてあたしに助

けを求めている。
「優梨香ぁぁ‼」
あたしの叫びも虚(むな)しく、為すすべもないまま優梨香は烈火に拉致(ら)された。
あたしが、今日優梨香と買い物なんてしなければ…………
ちゃんと、魁斗たちに買い物に行くことを伝えていれば………
こんなことにはならなかったのに。
……あたしのせいだ。
全部あたしのせいだ…………
「あはは、さすがの椿鬼も戦意喪失～？」
あたしのことを押さえていた烈火の構成員たちが、ケラケラと笑い出す。
……戦意喪失？
ふざけんな。
「お前ら…………許さない」
あたしの頭の中には、怒りしかなかった。
いや、優梨香を拉致られたことの後悔を、怒りで隠していただけなのかもしれない。


―――それからの記憶は残っていない。
ただただ怒りに身を任せ、気付けば辺り一面血の海。
あたしは、真っ赤に染まった男たちの中に一人で立っていた。
もちろん、あたし自身も返り血で真っ赤。
その血を見て、あたしは思う…………
―――あぁ、この赤い色……椿(つばき)の花みたいだな…………
あたしは倒れている男たちを見ながら、おもむろにポケットからケータイを出した。
電話帳を開き、ある人物に電話を掛ける。

———プルルル、プルルル…………
『……もしもし？』
機械的な呼び出し音の後に、ある人物———あたしの兄の声がした。
「…………どういうつもり？」
何の前置きもなしに、あたしは兄、大雅(たいが)に言った。
神崎大雅———あたしの実の兄であり、関東でそこそこの実力をもつ暴走族"烈火"の総長。
…………もう何年も会っていなくて、声を聞くのすら久しぶりだ。
『久しぶりなのに、いきなり何だよ？』
大雅は、クスッと笑いながら言った。
「とぼけないでよ…………何で優梨香を拉致ったの？」
あたしは込み上げる怒りを抑え、殺気(さっき)を込めながら聞く。
『クスッ……その様子じゃ、俺んとこのはやられちまったみたいだな〜』
電話の向こうで、別に心配する様子もなく笑う大雅。
そんな大雅の態度に、さらに怒りがつのる。
「……烈火の総長は、仲間の心配すらしないのね」
あたしが吐き捨てるように言うと、大雅はケラケラと笑った。
『ははっ、使えねぇ奴は烈火にはいらねぇんだよ』
「最低…………まぁ烈火のことなんてどうでもいい。それより優梨香を返して」
『返せって言われて返すバカがいるかよ？　…………なぁ美愛、俺と取引しねぇか？』
あたしの言葉に、大雅が取引の提案をしてきた。
「……取引？」
『あぁそうだ…………溜まり場で待ってる』
大雅はそれだけ言うと、一方的に電話を切ってしまった。

「…………くそっ」
あたしはやりきれない思いで、ビルの壁を殴る。
何でこんなことになったの？
何で優梨香が拉致られるの？

何でお兄ちゃんは変わってしまったの…………？

それからあたしは駅へと歩き出そうとして、ふと足を止めた。
日曜日の繁華街をこんな格好で歩いていたら、間違いなく警察に職質かけられる…………
少し考えてから、あたしは路地裏を出てある場所へと向かった。

＊＊＊

────カランカラン
真っ黒な扉を押すと、来客を知らせる鈴が鳴った。
「悪いけどまだ準備中…………って、美愛？」
カウンターの奥から声がして、ひょっこりと金髪の女性が顔を出す。
「すいません、開店前なのに…………」
あたしが謝ると、女性は気にする様子もなく「入って」とだけ言った。
ここは、あたしの行きつけのバー"RYU"。
あたしだけでなく覇王の面子もよく出入りしていて、マスターの歌奈さんはあたしが覇王の四天王ということも知っている。
金髪に赤い瞳、スラッとしていてすごく美人の歌奈さんは、女のあたしから見ても見惚れてしまうほど綺麗だ。
「美愛……どうした？」
歌奈さんがあたしに水の入ったグラスを出しながら聞いた。

225

「……歌奈さん、服貸してもらえませんか？」
あたしが言うと、歌奈さんはチラッとあたしの血塗れの服に目をやってから、何も言わず奥の部屋へと消えた。
「はいよ……少し大きいかもしれないが…………」
しばらくして、歌奈さんが紙袋を手に戻ってきた。
「ありがとうございます……」
紙袋を受け取り、あたしはトイレへと向かう。
「着替えるなら、奥の部屋を使うといい……トイレじゃ狭いだろ」
歌奈さんに言われ、あたしは部屋を使わせてもらうことにした。
そして、借りたTシャツとジーパンに着替えてバーへと戻る。
「……何か飲むか？」
「いえ、大丈夫です……ありがとうございます」
歌奈さんの問いに、あたしは静かに首を振った。
「歌奈さん……あたし、どうすれば良いのかわからなくて……」
あたしはカウンター席にストンと腰を落とし、小さく呟いた。
「何かあったのか？」
グラスを磨きながら、優しく問い掛けてくれる歌奈さん。
その歌奈さんの言葉に、あたしはそっと自分の胸の内を話した。
「兄が変わってしまった……昔は、あたしをすごく大事にしてくれたのに。離れ離れになったら、その絆も昔の兄もいなくなってしまって…………」
話してるうちに、昔の記憶がよみがえってくる。
お兄ちゃんと一緒に、公園で遊んだこと。
お兄ちゃんが勉強を教えてくれたこと。
お兄ちゃんは、いつもあたしの味方でいてくれたこと…………
あたしは、そんな優しくて格好いいお兄ちゃんが大好きだった。
両親が事故で他界した日も、自分も悲しいはずなのに、お兄ち

ちゃんは泣き止まないあたしの頭をずっと撫でてくれた。
「もう、あたしのことなんてどうでも良いのかな…………？」
そう自嘲気味に呟いてみると、涙が出てきた。
……そうだ、きっとお兄ちゃんはあたしのことなんて忘れちゃったんだ。
両親が死んでから、あたしはすぐに親戚に引き取られた。
けれど、当時既に暴走族に入っていたお兄ちゃんは中々引き取り手がなくて、あたしとお兄ちゃんは離れ離れになってしまった。
3年間もの月日は、あたしとお兄ちゃんの絆を奪ったんだ……
……

「私にも兄がいた…………」
不意に歌奈さんの声がして、あたしは顔を上げる。
「従兄だったけど……本当の兄のようだった」
そう言って、歌奈さんは遠い目をして微笑んだ。
「私は兄が大好きだった。でも……もう会えない」
「えっ…………？」
歌奈さんの言葉に、あたしは驚いて声をあげた。
もう会えない……それって…………
「死んでしまったんだ…………6年前に」
そう言って、悲しそうな顔をする歌奈さん。
あたしは何と言えば良いのかわからなくて、思わず俯いた。
しかし歌奈さんは、気にする様子もなく続ける。
「その兄がいつか言っていた……〝兄貴は、妹が可愛くて仕方ねぇんだ。だから、何があっても妹を守る……兄貴って、そういう生きものなんだよ〟とな」
歌奈さんが笑った。
普段、全然笑わない歌奈さんの笑顔は、引き込まれるほど綺麗で…………そしてとても温かかった。

「美愛のお兄さんも、きっと美愛を忘れたわけじゃない。だから信じてやれ……失ってからでは、遅いんだ…………」
歌奈さんの言葉の一つ一つが、直接あたしの心に響く。
失ってからでは遅い…………
わかってる。
だって、あたしの家族はもうお兄ちゃんしかいないのだから…………
「……あたし、信じてみます」
あたしが顔を上げてそう言うと、歌奈さんは優しく微笑んだ。
「行って、カタつけてきな。
私はここで待っているから…………」
歌奈さんのその言葉に背中を押され、あたしはお礼を行ってバー"RYU"を後にした。
ある一つの決意を胸に…………


烈火の溜まり場は、ここからそう遠くはない。
走れば10分程で行ける距離だ。
「優梨香、待っててね…………」
あたしはそう呟くと、一気に走りだす。
パンプスだったから足が痛かったけれど、構わず走った。
ヒールがなかったのが、せめてもの救いだったな…………
繁華街をパンプスで全力疾走するあたしに、すれ違った通行人は好奇の視線を向ける。
でも、今のあたしにはそんなこと気にもならなかった。
優梨香を助けたい……お兄ちゃんと話がしたい……頭の中は、そのことだけだった。

————バァァンッ
烈火の溜まり場に着いたあたしは、思いっきり倉庫の扉を開け

た。
　覇王ほどは広くないけれど、それでもかなりの広さの倉庫の中には、烈火の構成員たちが待ち構えている。
　……はめられた？
「美愛……よく来たねぇ」
　不意に、奥の方から懐かしい声がした。
「何でこんなことするの…………お兄ちゃん……？」
　あたしがそう言うと、兄の大雅は笑い出した。
「ククッ……美愛、俺のことまだ"お兄ちゃん"って呼んでくれてるんだ〜」
　そう言って、あたしを真っすぐに見る大雅。
　口元は笑っているけれど、その瞳は冷たく、何の感情も映していなかった。
「……どういう意味？」
「クスッ……別に？　ただ、嬉しいなぁって思って」
　そう言った大雅は、冷たい瞳のままにっこりと笑った。
「嬉しい……？　だったら、どうして変わっちゃったの？　あたしの知ってるお兄ちゃんは、こんなことしないのにッ」
　あたしは必死に大雅に詰め寄る。
　お兄ちゃんが変わってしまったことを信じたくなくて…………
　昔のお兄ちゃんに戻ってほしくて…………
　しかし、あたしの言葉に怒りで顔を歪める大雅。
「…………んなよ」
「えっ……？」
「ふざけんなよ！　誰が原因だと思ってる？　お前が……美愛が俺を捨てたんだろッ!?」
　大雅が叫んだ。
　あたしが原因……？
　あたしがお兄ちゃんを捨てた……？

229

…………どういう意味？
「父さんと母さんが死んだ時、悲しかったが、俺は美愛が笑ってくれればそれで良かった…………美愛さえいてくれれば、別に親戚が引き取ってくれなくても良かったんだ…………」
そう言って、大雅はゆっくりと話し始めた。
「でも……美愛は俺から離れて行った…………」
あたしがお兄ちゃんから離れて行った…………？
…………違うよ!!
「あたしだって、離れたくて離れたんじゃないッ。……気付いたら、もうあたしを引き取る話がまとまってて…………」
そう、あたしが反論する間もなく親戚宅への引っ越しの話がまとまっていたんだ。
あたしだけが引っ越す話が…………
「それだけじゃねぇ！　お前は……お前は族の世界に入った…………」
怒りと悲しみの入り混じったような大雅の瞳が、あたしを捕らえて離さない。
「俺は、美愛が高校に上がったらお前が俺のところに戻って来てくれるんじゃねぇかって……そう思ってたんだ！　でもお前は……族を選んだんだよな？　俺よりも覇王を…………」
大雅がそう吐き捨てる。
お兄ちゃんは、あたしがお兄ちゃんの元へ戻ることを望んでいた…………？
あたしはずっと、お兄ちゃんにとって邪魔な存在だと思っていたのに。
お兄ちゃんは、あたしが引っ越すことを話しても引き止めなかったし、それに何より"烈火"を大事にしていたから……だからあたしが側にいるのは迷惑なんだと思ってたんだよ？
両親を失って、お兄ちゃんもいなくなって…………

独りぼっちだったあたしに手を差し伸べてくれたのが、覇王だった。
魁斗たちは、ボロボロだったあたしの心を優しく包んでくれたんだ……
「お兄ちゃん……違うよ。あたしはお兄ちゃんを捨てたわけじゃない。それに、お兄ちゃんよりも覇王を選んだわけじゃないよ‼」
あたしは、兄とのすれ違った心を繋げるために、必死に説明した。
本当は、お兄ちゃんと離れたくなかったこと
あたしがお兄ちゃんの足手纏いになると思ったこと
あたしの傷ついた心を、覇王が癒してくれたこと…………
「それに、あたしはお兄ちゃんと覇王を比べることはできない……どっちも同じくらい大切だから…………」
あたしは涙を堪え、震える声で訴えた。
"美愛のお兄さんも、きっと美愛を忘れたわけじゃない"
歌奈さんの言葉を信じ、あたしは精一杯想いを伝えた。
「そうだったのか……」
あたしの言葉を聞いた大雅が、大きく目を見開く。
「美愛……ごめん……」
その言葉を聞いて、あたしは肩の力が一気に抜けた。
お兄ちゃんに、あたしの気持ちが伝わった、と……
昔のお兄ちゃんとの関係に戻れた、と……そう思った。
でも…………
お兄ちゃんの次の言葉に、
あたしは愕然とした。

「ごめん……俺、美愛を俺から奪った覇王の奴らが…………許せない」

えっ……？
今、何て言ったの？
お兄ちゃんの言葉が理解できない。
「おい、連れて来い」
固まるあたしを余所に、大雅は近くにいた金髪の男に指示した。
「俺、覇王から美愛を取り返す……どんな手を使ってでも」
そう言ってニヤリと笑う大雅。
一体、お兄ちゃんはこれから何をしようとしているの？
「いやッ………離してッ！」
ドアの開く音と共に、優梨香の声が聞こえてきた。
「ッ!?　優梨香!!」
あたしは、金髪に腕を掴まれ引きずられている優梨香を見て、思わず声を上げた。
「美愛ッ！」
大きな瞳から涙をこぼしながら、恐怖で体を震わせる優梨香。
「優梨香を離せッ！」
あたしは金髪の男を睨みつけながら、殺気を放って叫ぶ。
────ドサッ
その途端、周囲にいた何人かの烈火の構成員たちが膝をついた。
それを見て、あたしはハッとして殺気を止める。
……ここには優梨香もいるんだ。
あたしが殺気を出せば、烈火だけじゃなくて優梨香まで苦しめてしまう……
現に、優梨香は肩で息をしながら苦しそうに顔を歪めていた。
「美愛、そんなに恐い顔をするな………お前が俺の言うことを聞いてくれれば、華には何もしない」
大雅は、少し悲しそうな顔でそう言った。
言うことを聞く……？

232　椿鬼─イケメン総長に愛された最強姫─

「……どういう意味?」
あたしが静かに聞くと、大雅は小さく口角を上げた。
「だから、取引だよ……俺と美愛で、取引をしよう」
クスッと笑いながら、大雅が優梨香の腕を掴む。
優梨香が必死に抵抗するも、男の……まして族の総長の力に敵うはずもなく、無理矢理大雅に引き寄せられる優梨香。
「さぁどうする……美愛?」
穏やかだけど、感情のこもっていない大雅の声。
……優梨香を人質にとられている以上、あたしに選択肢なんてなかった。
「あたしは……何をすれば良いの……?」
何もできないもどかしさを押し殺し、あたしは唇を噛み締めながら聞いた。
「クスッ……良い子だね、美愛」
大雅は満足気に微笑むと、優梨香を側にいた男に預けて、あたしに向かって歩いてくる。
「安心しろ、そんな難しいことじゃない……」
あたしの頭を撫でながら、愛おしそうに目を細める大雅。
そんな大雅の瞳を見て、あたしは思った。
お兄ちゃんを変えてしまったのは、このあたしなんだ、と……
……
「この近くの河川敷に、皇帝と四天王を呼べ」
あたしの頭を撫でながら、大雅が静かに続ける。
「もちろん、俺たちがいるとは言うなよ?」
ニヤリと笑う大雅。
そんなこと、できるわけない。
だって、それってつまり…………

あたしに、魁斗たちを裏切れ、ってことでしょ?

233

「皇帝たち、どんな顔するかな？
…………美愛からの電話は、実は罠でしたー！って知ったらさ!!」
大雅が楽しそうに笑う。
大雅は、あたしに魁斗たちを呼び出させて、そこでみんなを潰すつもりなんだ…………
四天王の一人のあたしからの電話なら、魁斗たちも油断するから。
油断した隙に、襲おうとしているんだ。
そんなの、闇討ちと一緒じゃない…………
「そんなこと……できないよ…………」
そう言ってあたしが俯くと、大雅はまたクスッと笑った。
「ダメだよ？　美愛は俺の言うことを聞くしかないんだ……」
顔を上げると、そこには今まで見たことのない大雅の顔があった。
歪んだ愛に支配された、大雅の顔が…………
「あたしにはできない……魁斗たちを裏切ることも、そしてお兄ちゃんがやられるのを黙って見てることも…………」
あたしが言うと、大雅が眉間にシワを寄せる。
「俺がやられる？　……どういう意味だッ？」
「お兄ちゃんは、魁斗たちには勝てないよ？　たとえ烈火が纏めてかかったとしても、魁斗たちには絶対に……」
そう、あたしは特に魁斗たちがやられることは心配していない。
覇王と烈火では実力の差は歴然としているし、たとえ幹部だけだとしても、烈火が簡単に潰せるような相手じゃない。
まぁ魁斗たちが負けることは絶対にない、とは言い切れないけれど…………
でも、それも心配するほどの確率じゃない。

しかし、だからと言って実の兄がやられる姿を黙って見てることも嫌だ。
それに、たとえ脅されていると言えど、仲間を一瞬でも裏切るなんて……
まして、その元凶が自分の兄なのだから。
兄とあたしは別の人間だから、あたしは関係ありません、なんて、あたしには言えないよ。
だって、お兄ちゃんをこんなにも変えてしまったのは、他でもないこのあたし。
あたしがあの時、ちゃんとお兄ちゃんの気持ちを聞いていれば…………
親戚の家に行かず、お兄ちゃんと一緒に暮らしていたら…………
お兄ちゃんはこんな風にならなかったよね？
お兄ちゃんがこんなことをしてしまった原因は、あたしにある。
…………責任、とらないといけないな。
「俺らが負ける？　……ありえねぇから。いくら覇王の幹部でも、この人数は無理だろ？」
そう言って、鼻で笑う大雅。
確かに、ざっと見ただけでも烈火には100人くらいはいる。
対する覇王は4人。
単純計算で、一人25人…………お兄ちゃんには悪いけれど、この程度の人数なんて覇王にとっては敵じゃないよ？
「早く呼べよ！　……華がどうなっても良いのか⁉」
無反応なあたしに、大雅はイライラしたように言った。
……どうなっても良いわけないじゃん。
優梨香には、絶対に手を出させない。
魁斗、仁、帝、命……そして優梨香…………
ごめんね……あたしのせいで、たくさん迷惑かけちゃうよ。

だから…………
だからどうか、あたしを許さないで…………
あたしはポケットへと手を伸ばし、中からケータイを取り出す。
───プルルルル、プルルルル……
一定のリズムを刻む電子音を聞きながら、あたしは一つの覚悟を決めていた。
『……もしもし、美愛？』
ケータイから聞こえてきた、魁斗の声。
あたしは必死に平静を装いながら、口を開いた。
「魁斗？　あのさ、ちょっと今からみんなに来てほしい所があるんだけど……」
『どうしたッ!?』
あたしが魁斗たちを呼び出すことなんて滅多になかったから、かなり焦った様子の魁斗の声。
本当のことを言ってしまいたい気持ちを必死に抑え、あたしは淡々と話す。
「あのね、みんなに相談したいことがあって…………それで、４人で河川敷に来てほしいの」
『相談……わかった、直ぐに行く』
なんの疑いもない魁斗の言葉。
その言葉に、あたしは罪悪感でいっぱいになった。
電源ボタンを押し、通話を終了させたあたし。
あぁ……あたし、魁斗たちを裏切っちゃったんだ…………
あたしは魁斗たちに、嘘をついた。
チームの禁忌を犯したんだ。
もうあたしは、四天王どころか覇王でもない。
…………裏切り者だ。
「ククッ……よくやったよ、美愛？」
ケータイを握り締めて立ち尽くすあたしを見て、大雅が満足気

に笑った。
その顔には、もう昔の兄の面影は残っていない。
もう、あたしの知ってるお兄ちゃんじゃない…………
「約束……優梨香を返して」
あたしが無表情で言うと、大雅はニヤリと笑い、優梨香の腕を掴んでいる男に指示を出す。
「……幹部室につれて行け」
…………は？
幹部室ってどういうこと？
何で優梨香を返してくれないの……？
「……美愛がちゃんと皇帝たちを裏切ったら、返してあげる」
まるであたしの心を読んだかのような大雅の言葉。
……ちゃんと裏切ったら？
「あたし、魁斗たちを呼び出したじゃないッ！」
あたしが怒鳴ると、大雅は平然としたままにっこり笑った。
「美愛も河川敷に行くんだ……これだけで終わりなんて、面白くない」
面白くない……？
お兄ちゃんは何がしたいの？
「……一緒に行けば、優梨香を返してくれるの？」
あたしが殺気を出しながら聞くと、大雅は目を細めて頷く。
「あぁ、来るだけで良い…………俺は、皇帝たちの顔が見たいんだよ。……仲間に裏切られたときの顔が、ね」
そう言ってクスリと笑う大雅。
「……わかった。約束だからね」
あたしは唇を噛み締めながら、大雅を睨んで言った。
あたしのその答えに、満足気に笑みをこぼす大雅。
「美愛……」
優梨香が不安そうに小さく叫んだ。

……ごめん、優梨香。
すぐに助けてあげるから。
……だから、もう少しだけ待ってて?
泣きそうな顔でこっちを見つめながら、烈火の構成員に連れていかれる優梨香。
あたしは、そんな優梨香の顔を真っすぐに見ることができず、そっと目を伏せた。
……もう、覚悟はできている。
優梨香は、あたしが必ず助ける。
そして…………
「美愛、行くぞ」
そう言って、大雅が出口に向かって歩きだした。
その後を烈火の構成員たちが続くのに混じって、あたしも出口へと向かう。


今から
あたしは
覇王の裏切り者になる————


河川敷までは、烈火の溜まり場からはバイクで5分程度の距離。
あたしたちが河川敷に着いたとき、魁斗たちはまだ来ていなかった。
「なぁ、俺らが皇帝と四天王を倒したら、烈火が全国トップじゃね?」
「そーだな♪ そしたら、一気に有名になれんじゃん!」
構成員たちが、へらへらと笑いながら会話していた。
……バカじゃないの?
あんたたちみたいな雑魚に、魁斗たちが負けるわけないじゃない。

心の中でそう吐き捨て、ケータイを見る。
あたしが魁斗に電話してから、30分が経っている。
そろそろ、魁斗たちも到着するはず…………
————ブォンブォンブォン!!
その時、遠くからバイクのエンジン音が聞こえてきた。
よく聞き慣れたその爆音…………黒と赤の魁斗のバイクだ。
「クスッ……やっと来たか」
大雅たちもその音に気付いたようで、辺りに少しだけ緊張が走る。
「美愛ぁ!」
誰かがあたしの名前を叫んだ。
今のは……帝かな?
だんだんと近づく爆音。
そして、ついにあたしたちの前に、全国No.1の実力をもつ覇王の幹部たちが姿を現した。
「美愛ッ!」
魁斗があたしを呼んだ。
声に焦りが混じってるから、あたしが烈火に襲われていると勘違いしてるみたい。
「クスッ……待ってたよ、皇帝」
隣にいた大雅が、あたしの前に立って言った。
「お前は……烈火の頭か?」
仁が静かに聞く。
「あぁそうだ。……今日はお前らを潰させてもらう」
大雅の言葉に、眉間にシワを寄せる魁斗。
「俺らを潰すだと? ……どういうことだ?」
「そのままの意味だ……なぁ、美愛?」
大雅はそう言って、あたしの肩を抱き魁斗を見た。
「は? 美愛……どういうこと?」

「美愛……冗談でしょ？」
信じられない、という顔で帝と命が言った。
その言葉に、あたしは思わず俯く。
ごめん……嘘でも冗談でもないよ…………
「……何とか言えよ、美愛！」
仁の取り乱した声。
普段冷静沈着な仁が取り乱すなんて、考えられないのに……それだけ焦っている、ということだ。
そして、仁をそうさせているのは……他でもないこのあたし。
「……裏切ったのか？」
────ズキン
魁斗の一言が、あたしの胸に突き刺さる。


裏切った
うらぎった
ウラギッタ


あたしは……

裏切り者────

あたしは、みんなの顔を真っすぐに見ることができず、ただ黙って俯く。
そう、これがあたしの決めたことだから。
本当のことを言ってしまえば……優梨香を人質にとられていると言ってしまえば、みんなはあたしを信じてくれるだろう。
でも、それではダメなの。
それでは、あたしに非がなくなってしまう……
そもそも、あたしが優梨香と外出してしまったのが原因。

さらに、お兄ちゃんがこんなことをした原因も、あたしにあるのだ。
だからあたしは、みんなを裏切ってみんなの前から消えることで、その責任をとろうと思った。
……自分勝手なのはわかっている。
でも、このまま平然と覇王に戻ること、あたしにはできない…………
「美愛……何でこんなこと…………」
「つべこべうっせぇんだよ！
さっさと俺らに潰されろッ！」
魁斗の言葉を遮り、大雅が怒鳴った。
それを合図にしたかのように、烈火の構成員たちが一斉に魁斗たちに襲いかかる。
「クソッ…………」
向かってくる烈火に応戦する覇王の幹部たち。
実力の差は歴然だけど、何しろ数が数なだけあって、そうすぐには決着はつかない。
あたしは魁斗たちから目を逸らしながら、隣にいる大雅と向き合った。
「約束……優梨香を返して」
あたしが睨みながら言うと、大雅はポケットから一つの鍵を取り出した。
「これ、幹部室の鍵。クスッ……面白いものが見られたよ」
大雅がニヤリと笑う。
あたしはその言葉には答えず、黙って鍵を受け取った。
「やっと覇王に復讐できた。美愛を奪われた復讐が、ね…………」
壊れたように笑う大雅。
……本当にこれが、あたしのお兄ちゃんなの？

逆恨みで復讐し、人を傷つけて笑っているこの人は、本当にお兄ちゃんなのだろうか？
「ねぇお兄ちゃん……お兄ちゃんは今、覇王に復讐できて嬉しい？」
あたしの唐突な質問に、眉間にシワを寄せる大雅。
あたしは構わずに続ける。
「お兄ちゃんが今嬉しいなら……これで昔のお兄ちゃんに戻ってくれるなら、あたしはそれで良い。だから早く気付いて………」
きっと、これがお兄ちゃんと話す最後になる……あたしはそう思った。
「復讐しても何の解決ももたらさない。残るのは、新たな復讐心だけ、ということを……」
大雅は何も言わない。
そんな大雅に、あたしは最後に小さく微笑んだ。
「さよなら、お兄ちゃん………」
「……美愛ッ」
クルリと振り返り、一気に駆け出すあたし。
大雅の呼ぶ声も気に止めず、あたしは優梨香のもとへと走った。
お兄ちゃん、あたしはあなたを許さない。
あなたはあたしの大切な人を危険に晒し、あたしの大切な仲間を奪った。
だから、もうあなたとは二度と会うことはない……けれど……
あたしはあなたを恨まない。
……復讐は新たな復讐を生むだけだから。
だから、あたしからの最後のお願い———どうか、優しかった昔のお兄ちゃんに戻って………

# 真相～優梨香side～

……今、何時だろう？
あたしは窓の外を見ながらふと思った。
この部屋には、なぜか時計がない。
覇王の幹部室にはあるのにな。
確か、美愛と喫茶店を出たのが3時過ぎだったから…………
そこまで思い出して、あたしは考えるのをやめた。
今の時間を知ったところで、ここから出られるわけではない。
美愛たちが助けに来てくれるのを待つしかないんだ…………
「あたしが、今日買い物に行きたいなんて言わなければ……」
思わずそう呟いてしまうあたし。
あたしのせいで、美愛や魁斗たちに迷惑をかけた…………そう
思うと、止まっていた涙が再び溢れてきた。
「グスッ……美愛ぁ……魁斗ぉ…………」
あたしのせいで、美愛が覇王を裏切ることになってしまった……
…
あたしのせいで、魁斗たちが烈火と抗争することになってしまった……
考えれば考えるほど、自責の念に駆られる。
「あたしさえ、人質にとられてなかったら……」
……そう、あたしは足手纏いだ。
あたしがいなければ、美愛は簡単に烈火を倒せただろう。
全部全部あたしのせいだ…………

243

美愛は大丈夫と言っていたけれど、もし魁斗たちが烈火に負けたら……？
裏切ったせいで、美愛が覇王を抜けることになったら……？
悪い予想ばかりが頭に浮かぶ。
美愛たちが河川敷に行ってから、恐らく30分くらいが経った。
ケータイを取られているため、時間を確認することも、外と連絡をとることもできない。
「美愛、大丈夫かな？　魁斗たちも…………」
誰もいない部屋に、あたしの声だけが響く。
ストンとソファに腰を下ろし、あたしはぐるりと部屋を見回した。
覇王のに比べ、全体的に少し狭い室内。
テレビやソファが置かれ、奥には簡単なキッチンもついている。
そして、壁に掛けられた旗…………
黒地に真っ赤な炎が描かれ、"烈火"の刺繍が施されていた。
これが、烈火のシンボルか…………
覇王の旗は、チームカラーである白地に金の龍が描かれている。
そして、青文字で"覇王"の刺繍。
このデザインは、魁斗たちが着ている特攻服にも使われている。
"天下を統べる覇王に仕えし龍"
前に、魁斗がそのデザインの意味を教えてくれたことがあった。
「覇王が負けるわけないよね。だって、"天下の覇王"だもん……」
自分にそう言い聞かせ、安心しようとした時…………
　　　──ガチャッ
部屋の鍵が開く音がした。
ビクッと跳ね上がる身体。
やだ……怖いッ…………
恐怖が一気にあたしの身体を支配する。

「だ……れ………？」
やっとのことで声を絞り出し、あたしは扉の向こうに問い掛けた。
―――キイィィィィ
ゆっくりとドアが開き、姿を現したのは…………
「優梨香ッ‼」
息を切らし、泣きそうな顔であたしの名前を呼んだ美愛だった。
「み、美愛ぁ！」
あたしは思いっきり美愛に抱きつく。
美愛に会えた安心感で、あたしの涙腺は崩壊した。
「みっ美愛ッ……グスッ……怖かっ……た……」
泣きすぎてまともに喋れないあたしを、美愛はギュッと抱き締めてくれた。
「うん、怖かったよね？　ごめんね、優梨香……守ってあげられなくて…………」
ゆっくり、優しく頭を撫でてくれる美愛。
美愛はあたしが落ち着くまでの間、ずっとそうして頭を撫でてくれた。
「ごめんなさいッ。あたしが買い物に行きたいなんて言ったから……だからあたしのせいでこんなことに…………」
少し落ち着いたあたしは、美愛に頭を下げた。
あたしがわがまま言わなければ……
美愛の言う通り、魁斗たちと行っていれば……
後悔してもし切れない、大きな罪悪感。
美愛に何て謝ればいいのか…………
「優梨香、顔上げて？」
美愛の優しい声に、あたしはゆっくりと顔を上げた。
「優梨香は何も悪くないよ？　悪いのは……全ての原因は、あたしだから…………」

えっ……？
美愛の言ってる意味がわからない。
「烈火の総長がいたでしょ？　もうわかってると思うけど、あれはあたしの兄なの……」
…………そうだ。
さっき、美愛と烈火の総長が言い合っていた時、時折美愛の口から聞こえた"お兄ちゃん"という言葉。
やっぱり、烈火の総長は美愛のお兄さんだったんだ…………
「兄がこんなことをした責任は、あたしにあるの……だから、優梨香に怖い思いをさせちゃったのも、全部あたしのせい」
そう言って、美愛が悲しそうに微笑む。
「何で？　美愛のせいじゃないじゃん！　あたしが悪いんだよッ……」
なおもあたしが食い下がると、美愛はゆっくりと首を横に振った。
「違う、優梨香のせいじゃない……」
そして、美愛は真っすぐにあたしの目を見つめた。
「優梨香、お願いがあるの。今日優梨香が人質になってたことは、魁斗たちには言わないでほしい……」
美愛の突然の申し出に、あたしは目を見開いた。
「どういうこと？　何で言わないでほしいの？　それじゃあ美愛が……」
「いいの……ねぇ、お願い」
あたしの言葉を遮り、頭を下げる美愛。
そんなこと……そんなことあたしにはできない。
だって、それじゃあ…………
「それじゃあ、美愛が本当に覇王を裏切ったことになっちゃうじゃない!!」
あたしの言葉に、美愛はゆっくりと頷いた。

「それで良いの。ううん、そうならなきゃいけないの……」
少し俯きながら、まるで自分に言い聞かせるかのように呟く美愛。
あたしは、どうしても納得できなかった。
あたしが人質にとられてたことを言えば、美愛が悪くないことを魁斗たちにわかってもらえるのに。
どうしてわざわざ、美愛は自分が裏切ったように見せようとするの？
「嫌……そんなことできない。あたし、魁斗たちに全部話す……」
あたしがそっぽを向きながら言うと、美愛は困ったような顔をした。
「優梨香……あたしのお願い、聞いてくれる？」
美愛が首をコテンと傾け、上目遣いで聞く。
…………はぁ。
あたし、この美愛の"おねだり"には弱い。
美愛がすごく可愛いっていうのもあるけれど、一番の理由は、あたしがいつも美愛にわがまま言ってるから。
美愛は、あたしのわがままは大抵聞いてくれるから……だから、あたしは美愛には頭が上がらないというのが正直なところ。
「でも……何で？　何でわざわざそんなこと……」
あたしが聞くと、美愛は小さく目を伏せた。
「責任をね、とらなきゃいけないから……」
責任…………？
美愛は悪くないのに、何で美愛が責任をとるの？
「いくら兄がしたことだとしても、あたしが全く関係ないわけじゃない。むしろ、その原因はあたしにあるから……
それに、あたしが優梨香を止めていれば、こんなことにはならなかった。……全部あたしのせいだから。

あたしはこのまま平然と覇王に戻ることはできない。
だからね……」
あたしは、みんなの前から消えるよ、と……
美愛は静かにそう言った。
すごく優しい声で
すごく穏やかな表情で
美愛は、覇王を抜けると言ったんだ。
「嫌ッ……美愛がいなくなるなんて嫌！」
あたしは、ポロポロと涙をこぼしながら美愛にしがみつく。
美愛が離れて行かないように、ギュッとしがみついた。
「優梨香……お願い、わかって？　これは、あたしなりのケジメの付け方なの」
美愛が、一言一言ゆっくりと話す。
「それにね、もし優梨香が拉致られたって魁斗にバレたら、きっと魁斗の誕生日暴走は中止になる……せっかくプレゼント買ったのに、意味なくなっちゃうでしょ？」
わざとおどけた調子で言う美愛。
この時、あたしは悟った……
美愛は、あたしに責任を感じさせないために、自分が犠牲になろうとしていることを…………
「そんなこと……」
「ねぇ優梨香、約束して？　……魁斗たちには、本当のことを言わない、って」
あたしの言葉を遮り、小指を差し出す美愛。
あたしは、俯きながら口を開く。
「じゃあ、美愛はいつか帰ってくる？」
「えっ……？」
「絶対帰ってきてくれる？　いつかまた、みんなで遊べる？……美愛と一緒に暴走行ける？」

あたしが身を乗り出して聞くと、美愛は一瞬驚いた表情をした。けれど、すぐに笑顔に戻り大きく頷く美愛。
「うん、帰ってくる……あたしが魁斗たちと同じくらいに苦しんだら、きっと帰ってくるよ……」
それを聞いたあたしは、ゴシゴシと涙を拭い、美愛の小指に自分の小指を絡めた。
「わかった……美愛が帰ってきた時、魁斗たちに本当のことを話す。だから約束…………」
あたしは真っすぐに美愛の目を見て言った。
「絶対に戻ってきてね……？」
あたしの言葉に、美愛は優しく微笑む。
「うん、約束する……」


―――ねぇ美愛？
あたし、ちゃんと美愛との約束守ったよ？
美愛が帰ってくるまで、あの日のこと、魁斗たちにはずっと黙っていたんだよ？
美愛は、「魁斗たちと同じくらいに苦しんだら帰ってくる」って言っていたよね？
だったら、もう美愛が逃げる必要なんてない。
だって、美愛はもう十分過ぎるくらいに苦しんだのだから………
…

# Restart―それぞれの道―
T S U B A K I

「そして、あたしはみんなの前から消えた。見つかりそうになる度に、転校を繰り返しながら……」
あたしは、小さく俯きながら言った。
あーあ、全部話しちゃった。
魁斗たち、怒ってるかな？
……怒ってるよね。
だって、黙っていなくなっておいて今更こんな話されたってね……？
「美愛……」
魁斗が静かにあたしの名前を呼ぶ。
「何で……何で最初から言ってくれなかった？」
辛そうな、悲しそうな表情の魁斗。
そんな魁斗を見て、あたしは少し胸が痛んだ。
「ごめん……」
「ごめん、じゃねぇよ‼　俺たちがどんな思いで、お前を探してたと思うッ⁉」
仁が声を荒げる。
「僕たち、ずっとずっと美愛を探したんだよ？」
「美愛が覇王を裏切るわけないって、信じてたから……」
帝と命の言葉に、あたしは思わず顔を上げた。
「あたしを……信じてた……？」
そんなわけない……

みんなは、あたしを恨んでたんでしょ？
　"覇王の裏切り者"として、あたしを探してたんでしょ？
「美愛ッ！」
その時、優梨香があたしを呼んだ。
「あたし、みんなに何も言ってないよ？　でもね、みんな美愛のこと少しも疑わなかったの！
美愛が裏切るはずない、って……何か理由があるはずだ、って……
それで、ずっと必死に探してたの！」
優梨香の言葉に、あたしはへなへなとその場に座り込んだ。
「うそ……それじゃあ、今まであたしは…………」
今まであたしは、ずっと勘違いしたまま逃げてた、ってこと……？
みんなが探してくれていたのに、あたしは追われてると思い込んで逃げてたの？
「けどね、美愛が暁姫になったって知って……それで、みんなは美愛に裏切られたと思ったの」
優梨香が、目を伏せながら悲しそうに言った。
そんな……
じゃあ、文化祭の日に帝と命が言ってた"裏切られた"という言葉は、あの日のことじゃなかった…………
魁斗たちが思っている"裏切り"は、あたしが暁姫になったことに対してだったんだ。
「美愛、覇王に戻ってきてよ‼」
「そうだよ！　僕たちには美愛が必要なんだッ」
帝と命が、口々に叫ぶ。
そんなの……そんなの無理だよ…………
だって…………
あたしは、ゆっくりと玲央に視線を移す。

悲しそうな、泣きそうな目であたしを見つめる玲央。
あたしは叶多たちにも視線を向けた。
叶多、天馬、空夜……みんながあたしを見ている。
その瞳はどれも、玲央と同じように深い悲しみを映していた。
「美愛……もう一度やり直さないか？　覇王として、もう一度一緒に…………」
魁斗が静かに言った。
言葉に詰まるあたし。
魁斗たちと、元の関係に戻れることは嬉しい。
でも…………
「……行けよ」
「えっ……？」
「美愛の唯一の居場所なんだろ？　……だったら、迷ってねぇで覇王に戻れ」
見ると、玲央があたしを見つめながら優しく微笑んでいた。
「ちょ、玲央ッ！」
「……マジで言ってんのかよ？」
玲央の言葉に、天馬と空夜が目を見開く。
「マジだよ。俺は、こいつが覇王に戻って幸せなら、それで良い……」
俯きながら、静かに話す玲央。
そんな玲央を見ながら、叶多も静かに口を開いた。
「美愛ちゃん……俺は、美愛ちゃんが決めたことなら何も言わないよ？　俺も、美愛ちゃんにはずっと笑っててほしいからさ……」
そう言って、叶多が優しく微笑みかけてくれた。
「ちぇっ、お前らばっか格好つけやがって……美愛！　別に覇王になったからって、俺らと縁が切れるわけじゃねぇかんな！」
「いつでも帰ってこい。……お前の居場所は、ここにもあるん

だからよ？」
天馬と空夜が、口々に言った。
みんなが、こんなにあたしのことを想ってくれてたなんて……
……
思わず涙が頬を伝う。
……あたしの答えは、もう決まっている。
最初から、こうするつもりでここに来たんだもん。
今、みんなの言葉を聞いて……みんなの想いを聞いて、あたしの決心は揺るぎないものになった。
「魁斗……」
あたしはゆっくりと立ち上がり、真っすぐに魁斗を見つめる。
「あたしね、魁斗たちにそう言ってもらえてすごく嬉しかった。やっぱり、あたしの居場所はここにあるんだなって……そう思った」
あたしはここで言葉を切り、魁斗から玲央たちへと視線を向ける。
「でもね……今のあたしには、覇王以上に暁の存在が大きいの。覇王に比べれば、過ごした時間も思い出も全然少ないけど……だけど、今のあたしには暁が何よりも大切。それは、覇王とは比べられないことだけど……でも、今一番一緒にいたいと思うのは、玲央たち暁なの！」
魁斗に、あたしの胸の内を全て吐き出す。
ちゃんと伝えなきゃいけないんだ。
もう逃げたくないから。
もう裏切りたくないから。
だから、あたしは精一杯想いを言葉にして、魁斗たちにぶつけた。
誰も何も言わない。
玲央たちを見ると、みんな目を見開いてあたしを見つめている。

「……そうか」
沈黙を破ったのは、魁斗だった。
「美愛……それがお前の答えか？」
「……うん、これがあたしの答え」
迷いなんてない。
今のあたしの居場所は、他でもない暁なんだ。
「……わかった」
魁斗の言葉に、今度は帝たちが目を見開いた。
「おい、魁斗……それ本気？」
「やっと美愛を見つけたんだよ？」
帝と命が、信じられないという顔で言った。
「……魁斗がそう言うなら、俺はそれに従う。その代わり……」
仁が静かに口を開く。
「美愛を傷つけたら、ただじゃおかねぇから」
フッと笑みをこぼしながら、玲央を見つめる仁。
「あぁ……わかってる」
玲央も仁を見つめ返しながら、大きく頷いた。
「美愛……暁に飽きたら帰ってきていいからね？」
「美愛がいなくなったら、四天王じゃなくなっちゃうねぇ」
帝と命が少し困ったように笑った。
「ありがとう……仁、帝、命……そして魁斗」
泣きながらお礼を言うあたし。
あたしには、こんなに最高の仲間がいたんだ、と、改めて思った。
「美愛ッ！」
名前を呼ばれて振り返ると、涙でぐしゃぐしゃの顔をした優梨香が立っていた。
「美愛ぁ〜」

そのまま真っすぐにあたしに抱きついてくる優梨香。
「美愛、離れてもずっとずっと親友だよ？　たまには覇王にも顔出してよねッ！　あと、絶対メールしてねッ！　それから……」
必死にあたしにいろいろ伝える優梨香が愛おしくて、あたしは優梨香のふわふわの髪を撫でる。
「メールもするし、遊びにも行くよ。それに、優梨香はあたしの一番の親友……それは今までも、そしてこれからもずっと変わらないよ？」
あたしが言うと、優梨香は安心したように笑った。
「……颯河」
不意に、魁斗が玲央を呼んだ。
「何だ？」
「颯河……お前らは、覇王と同盟を結ぶ気はあるか？」
魁斗の突然の申し出に、あたしを含めて玲央たちが固まる。
「ちょ、同盟って……覇王はどのチームとも同盟を結ばない主義じゃねぇの？」
天馬の言葉に、玲央たちが頷く。
「確かに、今まで同盟なんて結んだことはないけど……でも、僕たちだって結びたくなくて結ばないわけじゃないし」
「そうそう、今まで覇王と同盟を結ぶのに相応しいチームがなかっただけ」
天馬の問いに、帝と命が笑いながら答えた。
「そういうことだ……どうする、颯河？」
仁がニヤリと笑いながら玲央を見る。
「っつーことは、俺らは覇王に相応しいって認められた、ってことで良いんだな？」
玲央が聞くと、覇王の四人が頷いた。
「なら……ありがたく結ばせてもらおう」

255

そう言うと、玲央は魁斗の元まで歩いて行き、右手を差し出した。
「あぁ、よろしくな」
玲央の右手を、がっちりと握る魁斗。
たった今、覇王と暁の間に同盟が結ばれた。
「魁斗……ありがとう」
あたしが呟(つぶや)くと、魁斗はフッと笑みをこぼした。
まるであたしに、"これから頑張れよ"と言っているかのように……
「ところでさ、美愛?」
不意に帝があたしの方を見て言った。
「え、何?」
あたしが聞くと、今度は命があたしを指差す。
「美愛は何でそんな格好してるの?」
……はい?
「美愛……超可愛いッ!」
優梨香までがあたしを見ながら瞳を輝かせるけれど…………
「う、嘘ぉ!?」
あたしは自分の格好を見て、悲鳴を上げた。
だって、あたしの今の格好は…………
「あは、美愛ちゃんキャバ嬢のまんまで来たの?」
叶多の言葉に、あたしは耳の先まで真っ赤になる。
穴があったら入りたい!
ってか今すぐ穴掘って入りたいッ!!
「なぁんだ、今更気付いたのか～」
ドアの方から声がして、見ると香川がニヤニヤしながら近づいてきた。
「せ、先生! 何で教えてくれなかったんですかッ!?」
恥ずかしくて、自分の腕で自分を抱き締めながら、あたしは香

256 椿鬼―イケメン総長に愛された最強姫―

川を睨む。
「え、だってそのほうが面白ぇかなーって」
平然としたまま答える香川。
面白いって……ふざけんなー！
もうやだ、早く帰りたいぃ〜〜
「つーかさ、お前らこれから文化祭戻れよ？」
香川の何気ない一言が、あたしたちを固まらせた。
「か、香川ちゃん……冗談だろ？」
顔を引きつらせながら笑う天馬に、「冗談なわけねーだろ」と冷たく言い放つ香川。
文化祭のこと、すっかり忘れてた…………
「おら、てめーらさっさと学校戻れや。……サボったら殺す」
まるで教師に似つかわしくない暴言を吐く香川。
そんなことでいちいち殺されてたら、命がいくつあっても足りないわ……

＊＊＊

「はあぁぁ……疲れた…………」
生徒会室にて、特大のため息をつくあたし。
魁斗たちとの別れもそこそこに、文化祭に戻ったはいいけれど……
クラスの女子から責められるわ、休みなしで働かされるわ、そりゃもう地獄だったわけで。
「はは、さすがにきつかったねぇ」
タフな叶多でさえ、苦笑いで栄養ドリンクを飲む始末。
天馬に至っては、ソファの上でピクリとも動かないし。
「あーもう二度とボーイなんてやるかよ」
ネクタイを緩めながら、玲央がだるそうに言った。

「……俺、来年サボる」
パソコンと向き合いながらそう呟く空夜。
心なしか、いつもよりキーボードを叩くスピードが遅いような……
「なぁ美愛、ホントに良かったのか?」
玲央があたしの方を向きながら言った。
「えっ……何が?」
「だから、覇王んとこ戻んなくても良かったのかよ?」
「あー、うん」
そっけないあたしの返事に、眉間にシワを寄せる玲央。
「何か不満そうだな……」
「そんなことないって! あたしは、暁にいたかったの」
疑いの目を向ける玲央に、あたしは慌てて首を振った。
「あたしは、玲央たちと一緒にいたかったの。確かに、覇王はあたしの唯一の居場所だったよ? でも、それは今までの話。今は…………」
あたしはここで一息置き、みんなを見回す。
「今は、ここが……暁があたしの一番の居場所だからさ」
あたしが言い切ると、玲央たちはフッと笑った。
いつのまにか天馬も起きていて、ごしごしと嬉しそうに鼻を擦っている。
「そういえば、死神が覇王の四天王に入るらしい…………」
突然、空夜が思い出したかのように呟く。
「えっ、駕籠君が?」
「駕籠だと? どういうことだッ!?」
あたしが思わずそう漏らすと、玲央たちが食い付いてきた。
「えーっと……死神って駕籠君のことらしいよ? っていっても、あたしも今日の昼頃に知ったんだけどね」
あたしがその経緯について話すと、玲央たちはおどろいたよう

に目を見開いた。
「なんかさ、結局駕籠君って敵か味方かわかんなかったなぁ……」
あたしが呟くと、速攻で「あいつは敵だッ」と答える天馬。
敵、と言えばそうなのかもしれないけれど、駕籠君はあたしに玲央たちのことを教えてくれた。
それに、実際覇王の四天王になったみたいだし……
あたしには、駕籠君がそこまで悪い人には見えないんだよね。
まぁ、すごく謎に包まれた人だったけれど……
「それにしても、これから大変になるねぇ……何しろ、俺らが覇王と同盟を結んだことは、すぐに知れわたるだろうし。それに、その覇王の新たな四天王が死神じゃあねぇ……」
そう言って苦笑する叶多。
確かに、これから暁はもっといろんなチームから狙われることになるだろう。
……でも、玲央たちが暁にいる限り、暁が負けることは絶対にない。
それは、あたしが自信を持って断言できる。
「ま、どんなに喧嘩売られても、俺らが負けるこたぁねぇな。それに、美愛が暁姫なら護衛つける必要もないしッ♪」
天馬がニコニコ顔で言うけど……当たってるだけちょっと複雑だな…………
「美愛……」
名前を呼ばれて振り返ると、玲央が優しく微笑んでいた。
「お前は、俺たちが命に代えても守る。だから、もう椿鬼になる必要はねぇ……お前は暁姫だ」
玲央はそう言って、あたしをギュッと抱き締める。
「うん……玲央、大好きッ」
あたしは幸せを身体いっぱいに感じながら、玲央を抱き締め返

した。
途端に、クイッと持ち上げられるあたしの顎。
そして、あたしの唇に玲央の唇が重なった。
とろけちゃうくらい甘い、玲央とのキス。

玲央の温もりと愛を感じながら、あたしはそっと願った。

────これからもずっと、こうして暁のみんなと一緒に居られますように。
そして、この幸せがこの先もずっとずっと続きますように……


END

## あとがき

はじめまして、早姫です。
『椿鬼』を読んでくださり、本当にありがとうございます。

この小説をエブリスタで書き始めたのは、もう一年以上も前になります。
友達が携帯小説を書いていたのを知って、自分にも書けるかな？と、本当に軽い気持ちで書き始めたのがきっかけです。
書き始めた時はもちろん書籍化なんて夢にも思わなかったし、こうしてあとがきを書いている今でさえ、まだ信じられません(笑)

エブリスタでの連載中、途中で何度も執筆を止めようと思う時がありました。
しかし、日に日に増える閲覧数やファン、読者の方からの応援コメントに励まされ、最後まで書き上げることができました。

こうして『椿鬼』を書籍という形で残すことができたのは、読者の皆様をはじめたくさんの方々のおかげです。
私一人では、書籍化はもちろん完結さえすることができませんでした。
いくら感謝をしても足りないくらい、感謝しています。
ありがとうございました。

『椿鬼』本編はこれで完結ですが、エブリスタ内で番外編と続編を執筆しています。
番外編の内容は、本編に登場する香川先生の過去のお話です。

もしよろしければ、サイトでご覧ください。

最後になりますが、『椿鬼』を手に取り、ここまで読んでくださった皆様。
本当にありがとうございます。

また、エブリスタで応援してくださった読者の皆様、エブリスタの担当者様、ピンキー文庫の担当者様、そして『椿鬼』に関わってくださった全ての皆様。
本当にありがとうございました。

早姫

★この作品はフィクションです。実在の人物・団体・事件などにはいっさい関係ありません。作品中一部、飲酒・喫煙などに関する表記がありますが、未成年者の飲酒・喫煙は法律で禁止されています。

ピンキー文庫公式サイト

pinkybunko.shueisha.co.jp

著者・早姫のページ
（ E★エブリスタ ）

★ ファンレターのあて先 ★

〒101-8050　東京都千代田区一ツ橋2-5-10
集英社　ピンキー文庫編集部　気付
早姫先生

♡ピンキー文庫

## 椿鬼
―イケメン総長に愛された最強姫―

2013年7月30日　第1刷発行

著　者　　早姫
発行者　　鈴木晴彦
発行所　　株式会社集英社
　　　　　〒101-8050　東京都千代田区一ツ橋2-5-10
　　　　　電話 03-3230-6255（編集部）
　　　　　　　 03-3230-6393（販売部）
　　　　　　　 03-3230-6080（読者係）
印刷所　　図書印刷株式会社

★定価はカバーに表示してあります

造本には十分注意しておりますが、乱丁・落丁（本のページ順序の間違いや抜け落ち）の場合はお取り替え致します。購入された書店名を明記して小社読者係宛にお送り下さい。送料は小社負担でお取り替え致します。但し、古書店で購入したものについてはお取り替え出来ません。なお、本書の一部あるいは全部を無断で複写複製することは、法律で認められた場合を除き、著作権の侵害となります。また、業者など、読者本人以外による本書のデジタル化は、いかなる場合でも一切認められませんのでご注意下さい。

©SAKI 2013　Printed in Japan
ISBN 978-4-08-660086-6 C0193

「…秘密を、つくろうか」
彼からの、突然のキス――。
ミコと牧瀬の甘酸っぱい胸きゅんラブは、
やがて周囲も巻き込んで…!?

# 君と私の関係図
### キス。のち秘め恋。

### 睡蓮華

彼と共有した時間は、長い。高校は違うけど、同じ電車、同じ車両に乗るようになった。通学電車で向かい合って座っているだけの関係……それ以外、もう接点はないと思ってたのに…! 車内での突然のキスは、彼と私の関係図がどんどん変わってゆく合図!? セブンティーン携帯小説グランプリ「ピンキー文庫賞」受賞作!

好評発売中　♥ピンキー文庫

## ピンキー文庫 大好評「危険男子」シリーズ!

# 危険男子、上等!

**蒼葉**
すごく意地悪でむちゃくちゃイケメンの5人の先輩方を、私が一人でお世話するんですかっ…!? 5人の危険男子+姫乃さくら15歳の前途多難な高校生活が始まる!

# 危険男子、上等! 2

**蒼葉**
5人の「SB(Strongest Boys)」に愛されまくる日々を送るさくらは、体育祭で伝説の「竹刀姫」だった過去を大暴露!! …さくらとSBのトキメキ&ドキドキDAYS第2弾!

# 危険男子、上等! 3

**蒼葉**
情報屋Haruがさくらに近づいてきたことをきっかけに、新たなる勢力の影がSBとさくらに忍び寄る…! ますます愛されMAX!! ぶっちぎり人気シリーズ第3弾!

## この子、ふうの婚約者だからね♥

## 暴走族総長★彼氏様

### SANA

女子高生・風藍(ふうらん)は、引っ越した海辺の町で、黒い特攻服に金髪の男子と出逢い、「婚約者」と紹介されて!? 彼は暴走族『風鬼神(ふうきしん)』の総長! 総長と仲間たちにかしずかれる尋常じゃないドキドキDAYSの始まり…!!

## ますます愛され、2人の関係はますます深まって…!

## 暴走族総長★彼氏様 II

### SANA

両親の陰謀(!?)によって雨羅(うら)と「結婚を前提に」付き合うことになった風藍。彼は超イケメンで喧嘩が強くて優しくて、おまけに暴走族の総長様!! 風藍と雨羅のラブもますます糖度アップ! の第2弾!

好評発売中　ピンキー文庫

# 暴走族総長と心に傷をもつ少女の物語。

## 野良猫達のラブソング
### song1

**観月　舞**

暴走族総長・和樹。心に傷をもつ少女・夏海。生きることに絶望し、海に身を投げた彼女を救ったのは暴走族の総長!?　暗く冷たい世界に1人取り残された傷だらけの私に、光と温もりをくれたのは貴方でした…。

# 生きることに絶望した少女を救う愛の詩(ラブソング)!

## 野良猫達のラブソング
### song2

**観月　舞**

両親からのDVを受け、自殺未遂をしかかっていた少女・夏海。そんな彼女を拾ったのは最凶暴走族「虎牙」の総長・和樹。和樹と一緒にいたいと願う夏海。しかしそれは許されないことだと聞かされて…!?

**好評発売中　ピンキー文庫**

高校と学年と名前しか知らない
同じ駅を使うだけの人。
でも…好き。そんな彼との
期間限定のシンデレラ物語!?

# 駅彼
―それでも、好き。―

### くらゆいあゆ

2年前、通学途中の駅で1分喋っただけの人、三浦瞬。2年間の想いにけじめをつけようと、夏林が告白を決意したその日の朝、とんでもない事件が起きて、大好きな彼と期間限定の「カレカノ」関係に!? セブンティーン携帯小説グランプリで圧倒的支持を得た、さわやかピュアラブ!

好評発売中　ピンキー文庫